引

見倒屋鬼助 事件控2

喜安幸夫

時代小説

二見時代小説文庫

目次

隠れ岡っ引――見倒屋《みたおしや》鬼助《きすけ》 事件控 2

一　隠れ岡っ引

一

神田《かんだ》の柳原《やなぎわら》土手は相変わらず賑《にぎ》わっている。

庶民の生活《たつき》にとって切っても切れない古着や古道具をならべる店が、神田川の土手に沿って十六丁（およそ一・八粁《キロ》）ほどにもわたってつづいているのだから、町人も武家の女中衆も自然に集まろうというものだ。

「あらーっ、あらあら。これは」

「まあ、ほんとうです。間違いありませぬ」

人の行き交うなかに、品のいい婆さんと若い武家の内儀といった風情《ふぜい》の女性《にょしょう》が、莚《むしろ》一枚の行商ではなく板張りとはいえ一軒の常店《じょうみせ》の前で歩をとめた。

元浅野《あさの》家臣で堀部弥兵衛《ほりべやへえ》の奥方の和佳《わか》と、その娘の幸《さち》で安兵衛《やすべえ》の女房どのである。

「えっ、間違いねえとは?」

露払《つゆはら》いのように一歩前に歩を進めていた鬼助《きすけ》がふり返った。紺看板《こんかんばん》に梵天帯《ぼんてんおび》の腰の背に木刀を差し込んだ中間《ちゅうげん》姿だ。浅野家が断絶してから三月《みつき》近くになる、元禄《げんろく》十四年水無月《みなづき》(六月)上旬のことである。

断絶後、鬼助はホトケの市左《いちざ》に誘われ、伝馬町《でんまちょう》の百軒店《ひやっけんだな》近くの一隅を棲家《すみか》に見倒屋《みたおしや》稼業に入ったが、旧主筋の堀部家に暇さえあれば顔を出し、庭掃除や廊下の拭き掃除などをしていた。

堀部家は伝馬町からさほど遠くない両国広小路《りょうごくひろこうじ》を経てすぐの米沢町《よねざわちょう》に居を構え、三月《みつき》前までは隠居した弥兵衛の隠宅《いんたく》だったのが、いまでは鉄砲洲《てっぽうず》の浅野家上屋敷を引き払った安兵衛夫婦がころがり込み、そこは堀部家の浪宅《ろうたく》となっている。

きょうも出向き、そのまま中間姿で和佳と幸の外出のお供と相なったのだ。

以前なら女中がお供につくところだが、すでに親子そろって浪人の妻女だ。浪宅に奉公人など置く余裕はない。

それに、きょうのお供は鬼助でなければならなかった。これからもつづく浪人暮らしに、売るにも買うにも古着屋や古道具屋との付き合いが深まることになるだろう。

それに備え、二人で柳原土手を見ておこうということになったのだ。

見倒屋とは古着屋や古道具屋のちょいと深入りしたもので、柳原との縁も深く、すでに鬼助は市左と一緒に土手 商《あきな》いにも幾度《いくど》か出ている。

「——任せてくだせえ。あそこの売人《ばいにん》たちゃあ、皆兄弟《きょうでえ》みてえなもんでさあ」

と、両国広小路では二人のうしろについていたのが、柳原土手に入ると、

「——さ、ここからが商い場でさあ」

と、一歩前を踏みはじめた。

そのなかで和佳が足をとめ、幸もそれにつづいたのだった。そこに土手商いには上《じょう》物《もの》の小袖《こそで》が一枚、吊るされていた。

「これになにか見覚えでも？」

と、鬼助が訊《き》いたのは無理もない。上屋敷でも堀部家の役宅と隠宅奉公であった鬼助には縁の薄い、奥女中の小袖だったのだ。

「もう、手放さなければならない人も出ているのですね」

「これは確か……」

「よしなさい。これからはさらに……」

元の持ち主の名を口にしようとした幸を、和佳はさえぎった。幸は口を閉じた。二

人とも、いたたまれなかったのだ。

堀部家には弥兵衛の隠宅があったから、安兵衛夫婦は上屋敷の役宅を明け渡しても落ち着く場所はあった。だが、その日から家族ともども寝る所にも困った武士や中間、腰元たちは幾人もいたのだ。

だが、堀部家とて安泰ではない。和佳と幸が鬼助の案内で柳原土手に出かけたのも、これからの歳月に備えてのものだった。そこに鬼助はなおも奉公人よろしく出入りし、そのことに生きがいの一つを感じ取っている。

堀部家には隠宅が浪宅になってから、萎《しお》れるよりも逆になにやら目的を持った緊張感が張りつめるようになった。鬼助がなにかを感じるのも、そこに起因していた。だがそれは、

(世間に言ってはならぬこと)

口止めされたわけではないが、みずから肝《きも》に銘じている。市左にも話していない。

「参りやしょうか。この土手筋、まだ向こうまでつづいておりまさあ」

鬼助が和佳と幸をうながしたときだった。

「おう、兄イ。ここだったかい」

声をかけ、小走りで人混みをかき分け、

「おっとっと」

鬼助の前にたたらを踏んで止まったのは市左だった。腰切半纏《こしきりばんてん》を三尺帯で決めた、動きやすい職人姿だ。

近づくと市左は、二人の武家らしき女性《にょしょう》にぴょこりと辞儀をし、

「取り込み中申しわけねえ。千太《せんた》の野郎がさっき来やがって、旦那がきょう日の入り時分に俺と兄イで日本橋の南《みなみ》詰《づめ》に来いとよ。向こうに用があるんなら、伝馬町まで来りゃあいいのによ」

言うと市左はハッと気づいたように、

「あっ、これは乱暴な町人言葉で申しわけありやせん」

また和佳と幸にぴょこりと頭を下げた。

「おほほほ。慣れております。宅の話しようもそうですから」

「えっ。それじゃやっぱり中山《なかやま》、いえ、その、堀部安兵衛さまのご内儀とそのご母堂さまで！」

幸が気さくに言ったのへ市左は一歩跳び下がってまた辞儀をした。さっきより深く頭を下げている。安兵衛の旧姓は中山だったのだ。

浅野家改易《かいえき》の日、鉄砲洲の上屋敷には売掛回収の商人や古着、古道具屋たちが殺到

して混乱したものだったが、そこを一喝して鎮《しず》めたのが堀部安兵衛だった。それでなくても安兵衛の名は、高田馬場《たかだのばば》の決闘で江戸中に知れわたっている。

見倒屋《みたおしや》稼業に誘った市左が鬼助をのっけから〝兄イ〟と称《よ》んだのは、自分は三十《みそ》路《じ》で鬼助がそれより五年ほど歳を喰っているからではなく、鬼助の気風《きっぷ》のよさと堀部家の中間で安兵衛から直接剣術の手ほどきを受けていたことが要因となっている。

「分かった。日の入り時分だな。まだたっぷりあらあ」

鬼助は空を見上げて太陽の位置を確かめ、

「さあ、さきへ参りやしょう」

和佳と幸をうながした。

ふたたび土手筋の人混みのなかに歩を踏みながら、鬼助は内心ホッとするものを得ていた。太陽は西の空に入っているがまだ高く、市左の言った日の入り時分にはまだ余裕があるからではない。

市左は〝旦那〟と言っただけで、どこの旦那かは言わなかった。名を出した千太についても、その素性は口にしなかった。和佳も幸も、町人の仕事仲間としか思わなかっただろう。

千太はまだ若く、いささかひねくれ顔で頼りないが、南町奉行所の定町廻《じょうまちまわ》り同心で小谷健一郎《こたにけんいちろう》の岡っ引なのだ。その千太のいう〝旦那〟とは当然、奉行所の同心ということになる。

両国米沢町の浪宅に張りつめたものは、世間へ大っぴらにできないものである。その元奉公人でいまも足繁《あししげ》く出入りする鬼助が奉行所の同心とつながりがあるというのでは、和佳や幸どころか弥兵衛と安兵衛も困惑し、そのほうに緊張を覚えるかもしれない。

しかも鬼助は、小谷同心の話の内容は分かっていた。奉行所の同心とつながりどころか、鬼助はその手先である岡っ引になろうとしているのだ。

二

「兄イ。堀部さまご妻女のお供、終わりやしたかい」

と、伝馬町の棲家《すみか》に鬼助が戻ると、市左は待っていたように腰を上げた。

棲家は大伝馬町と小伝馬町の通りの中ほどにあり、雑多な裏店《うらだな》の五軒長屋群がならぶ一角に建つ、粗末ではあるが二部屋に台所も廊下もある一軒家だ。もともと市左が借りていた家作《かさく》だ。男やもめに一軒家など贅沢《ぜいたく》だが、見倒屋稼業では見倒した品を売りさばくまで保管しておく物置が必要となる。だから九尺二間《くしやくにけん》の間取りで、ひと間しかない長屋では具合が悪く、そこで粗末ながら一軒家を借りていたわけだが、その点では見倒屋として市左は相応のやり手といえそうだ。

「さあ、行きやしょう」

と、鬼助が玄関で板敷きに上がるよりもさきに、市左は土間に下り雪駄《せった》をつっかけた。

この件に関しては、市左のほうがその気になっている。鬼助もまんざらではない。安兵衛の朱鞘《あかさや》の大刀の探索や、見倒屋稼業のさきに強欲な医者が浮上し、そやつをこの世から抹殺するにも、小谷同心は大きな力となって探索を主動し、ときには鬼助と市左の勇み足を見て見ぬふりもしてきた。

(町場にゃ石頭じゃなく、おもしれえ役人もいるもんだ)

鬼助は思ったものだった。

それに、これまで武家奉公ではまったく知り得なかった諸人《もろびと》の生きざまが、見倒屋をやっていれば見えてくる。そこもまた、お中間さんの喜助《きすけ》が町場に住みはじめてから感じた生きがいの一つである。だからもっと知ろうと、名を喜助から世間に喰い入る鬼助に改めたのだ。

（――おもしろい。小谷さんとなら、世の理不尽を多少なりとも正せるかもしれねえ）

小谷同心から岡っ引にならぬかと誘いを受けたとき、鬼助は感じたものである。安兵衛から剣術とともに仕込まれた生き方が、屋敷を出てはじめて全身にみなぎってきたのだ。

（――見倒屋稼業に岡っ引の看板を背負えりゃあ、鬼に金棒だぜ）

などと、いくらか不純な思いを乗せた市左とは異なる。

「へへへ。小谷の旦那め、日の入り時分に来いなんざ、一杯《いっぺえ》飲ませるからってえことでやしょうねえ」

「おそらくな。かための杯《さかずき》になるかもしれねえ。町方の同心と岡っ引のよう」

「へへん、俺たちが岡っ引かい。願ってもざらにゃなれねえ稼業によ、向こうから誘いをかけて来たなんざたまらねえぜ」

「そりゃあ、小谷さんだって、世の裏に喰らいつく見倒屋を、手駒《てこま》に持っていりゃあ便利だと思ってのことだろうよ」

「へへ、世の裏をねえ」

話しながら二人は神田の大通りに歩を取っている。

市左は動きのいい職人姿で、鬼助は棲家の玄関で部屋に上がらないまま忙《せわ》しなく出たものだから、腰の背に木刀を差した中間姿のままである。

二人の棲家がある百軒店は、両国広小路から延びる大伝馬町の通りと小伝馬町の通りの中ほどだから、そこからどちらかの通りに出て両国広小路とは逆の西方向に進めば神田の大通りに出る。そこを南に進めば日本橋《にほんばし》はすぐだ。

一帯は江戸の商業の中心地である。そこに限らず街道筋はいずこも日の入り近くには、一日の仕事を終えようとする行商人や家路を急ぐ往来人が速足になり、さらに大八車や荷馬が暗くならないうちにと急ぎ土ぼこりを上げる。

「おっとっとい」

うしろから来た大八車が市左の脇をかすめるように追い越し、

「ぶぁ、ごほん」

土ぼこりを舞い上げ、

「きゃー」

すぐ前を歩いていた町娘が、脇道から不意に出て来た荷馬とぶつかりそうになった。いずれも急ぎ足で、鬼助と市左も速足になっている。市左が急《せ》かしたはずで、陽はすでに東の空に沈もうとしている。

騒音が聞こえてきた。日本橋だ。

そこに掘割の水の流れる音といった風情は、およそ深夜から夜明けごろまでのことで、人の動いている時間は橋板に下駄や大八車の響きが絶え間ない。それが夕刻近くとなれば幾重もかさなり、一日の終わりを告げる騒音となる。

その音のなかに入った。橋は太鼓型になっているため、大八車などは勢いをつけて突進してくる。

「おっとっと」

前からもうしろからも来たものだから、鬼助も市左も慌てて欄干《らんかん》に寄りかかった。

「ふーっ。おどかしやがる」

つぶやきながら橋を渡り切った。

南詰である。ちょうど日の入りだった。市左が急かした甲斐《かい》があった。

隅に高札場《こうさつば》があり、広場には物売りや食べ物の屋台が出ていつも縁日のようなにぎわいなのだが、陽が沈んでからは屋外での火の気はご法度《はっと》になっているため、日の入りと同時にそれらは一斉にかたづけはじめる。

その雑踏のなかから、

「兄イたち、こっち、こっち」

と、千太が走り出てきた。

「いよう、もう来ていたかい」

「来ていたかいじゃねえよ。旦那はさっきから向こうでお待ちだ」

市左の言ったのへ千太は応え、

「さあ。鬼助の兄イも、こっちでさあ」

いざなうように先に立ち、広場からの脇道に入った。

広場の屋台は仕舞《しま》いはじめても、周辺の常店はむしろこれからが書き入れ時だ。しかも日本橋とあっては飲食の店が多い。入った脇道はとくに小振りな店のならぶ一角だった。

南町奉行所は江戸城外濠《そとぼり》の数寄屋橋《すきやばし》御門内にあり、その御門を出て濠端《ほりばた》まで迫っている町場を東へ進めば、日本橋南詰から延びている東海道の京橋《きょうばし》近くに出る。街道を横切ってさらに東へ進み、町場が武家地に変わったあたりが八丁堀《はっちょうぼり》で、町奉行所の組屋敷が板塀と冠木門《かぶきもん》を連ねている。

この道筋が朝夕には挟箱持《はさみばこもち》の下男を連れた同心たちの行き帰りの順路になっており、日本橋は遠くはないがいくらか寄り道になる。町人を呼びつけるのに京橋や八丁堀でなく、ちょいと日本橋まで足を延ばすのなどは、小谷同心がそれだけ鬼助たちを重視しているあらわれといえた。

しかも茶店が往還に出した縁台ではなく、

「へい。こちらで」

と、千太が案内したのは、料亭とはいえないまでも煮売酒屋などではなく、暖簾《のれん》をくぐれば土間に飯台《はんだい》が三つ四つならび、そのまま奥に入る廊下があり、そこに座敷がならんでいるようだ。

土間の飯台に、客が幾人か座っている。

「こっちで」

と、飯台のあいだをすり抜け、土間つづきの廊下に入った。座敷というより廊下に面して板戸がならび、部屋と部屋との仕切りも板戸で、誰でもひょいと立ち寄って奥に入れる造《つく》りの店だ。

一番奥の部屋だった。

「おっ、鬼助。奴《やっこ》衣装で来たかい。ま、入《へえ》れ」

と、小谷はすでに膳を取り、軽く一杯ひっかけていた。

わざわざ鬼助のいで立ちに触れ〝入れ〟と言ったのは、自分が八丁堀名物の地味な着ながしに黒羽織ながら、二本差しの武士姿だからだった。

中間はあくまで奉公人であり、お供で外出したとき、そこが他家の屋敷であろうが料亭だろうが、あるじとおなじ部屋に上がることはまずあり得ない。用件が済むまで外で待たされる。その作法をくずすため、小谷同心はわざわざ〝入れ〟と、声をかけたのだ。それができるのも、気さくな定町廻りの役人だからだろう。

鬼助も当然その作法は心得ている。

「へえ」

と、遠慮気味に雪駄を脱いで部屋に上がったが、上がればもう遠慮はない。

「例の件でお呼びなんでやしょう。市どんとも話しやして、お受けさせていただきまさあ」

と、足を胡坐《あぐら》に組みながら言い、市左もうなずきながらそれにつづいた。

「姐《ねえ》さん、膳をあと三人分、早いとこ頼まあ」

千太も仲居に声をかけると、やはり胡坐居《あぐらい》に腰を下ろした。

だがそこはやはり作法がある。鬼助と市左は二人ならんで小谷に向かい、千太は小谷のななめうしろに座を取った。

膳もそのように据えられ、

「おめえら、物分かりがいいので俺もやりやすいぜ。さあ、きょうは俺のおごりだ。

飲みながら話そうじゃねえか」

と、小谷同心は伝法《でんぽう》な口調で言うと、ふところから書付《かきつけ》のようなものを出した。

岡っ引とは奉行所の正規の役務ではなく、いわば日陰者である。

同心が牢につながれた囚人たちのなかから、これはと目串《めぐし》を刺した者の罪を減じ、因果《いんが》を含めて娑婆《しゃば》に手先として放ったのが岡っ引である。だから当然、十手《じって》や捕縄《とりなわ》を持たせるわけではない。いわば耳役《みみやく》である。

給金も同心が私的に雇うのだから一定したものはなく、せいぜい年に一分《いちぶ》か二分《にぶ》くらいで、なかには二朱《にしゅ》か給金なしというのもある。商家の小女《こおんな》でも衣食住つきで年二両二分から三両くらいはもらっている。鬼助も中間奉公のときは中間部屋に住み三食つきで年二両二分だった。岡っ引になって衣食住なしで二朱というのでは、四朱が一分で四分が一両だから、中間や小女の二十分の一ということになり、一度居酒屋で派手に飲み喰いすれば消えてしまうほどの額だ。

だが、ひとたび同心に雇われて岡っ引になり、それの手証《てしょう》をふところにしておれば周囲から〝親分〟などと呼ばれ、

『なにか困ったことはござんせんかい』

などと、縄張内《しまうち》の商家や飲食の店を一まわりすれば、つぎつぎと一朱か二朱のおひ

ねりが袖《そで》の下に入り、なにかお目こぼしが必要なところでは一分も二分も包む。それで羽振りのいいのになると、下っ引を幾人かかえるのもいる。

いわば奉行所の威を借りた強請《ゆすり》まがいで、当然弊害も出る。奉行所は幾度か同心が岡っ引を持つのを禁じたことはあるが、なくならない。悪の道を探るにはやはり悪に通じた者が一番詳しく、同心たちはけっこう重宝《ちょうほう》しているのだ。

千太がなにをしてお縄を頂戴したのかは知らないが、いかにも小者といった風情で〝親分〟などといった貫禄はなく、町場でもさほど虎の威を借る狐にはなっていないようだ。おそらく清濁《せいだく》合わせて呑む有能な岡っ引ではなく、使い走りとして小谷は使っているようだ。これまで堀部安兵衛の朱鞘の大刀と悪徳医者の件で、鬼助と市左は千太の仕事を見てきたが、どの場面でもその域を出なかった。すでに千太は貫禄負けを自覚しているのか、鬼助と市左を〝兄イ〟と称《よ》んでいる。

小谷同心がふところから出した書付は二枚で、

――此の者、当方の存知寄りにつき、相応に処遇ありたい
と認《したた》められ、〝大伝馬町　鬼助〟と〝小伝馬町　市左〟の名が書き込まれ、〝南町奉行所定町廻り同心　小谷健一郎〟の署名がある。片方を大、もう一方を小にしたのは、百軒店がちょうど両町の境にあってどちらともつかないせいもあろうが、小谷の洒落《しゃれ》

っ気のあらわれでもあるようだ。

鬼助と市左はそれを手に取った。いくらか与太って奉行所の世話になったことがある者なら、喉《のど》から手が出るほど欲しがる書付である。小谷同心がそれを書いたということは、二人とも奉行所の世話になったことなどないが、相当に二人を、とくに鬼助の気風を見込んだからであろう。もう一つ、理由があるのかもしれない。

赤穂《あこう》藩改易で赤穂浪人が巷間《こうかん》にあふれることになった。しかもそれが、あとに尾を引く改易とあっては、柳営《りゅうえい》（幕府）のいずれかより町奉行所に、なんらかのお達しがあったのかもしれない。

「ふむ」

鬼助はそれを念頭に、かすかなうなずきを入れ、

「うひょー、お奉行所の旦那のお墨付きだぜ」

市左は書付を額の前にかざし、大喜びだった。

「でもよ、俺のが小伝馬町たあ、なんだか因縁じみてみょうな気がするぜ」

「あはは。そのほうが、悪《わる》どもにゃ脅しが効《き》こうってもんじゃねえか」

市左が言ったのへ鬼助は返し、

「ま、そうかもしれねえなあ」

小谷は苦笑していた。泣く子も黙る牢屋敷は、小伝馬町にあるのだ。

膳をはさみ、鬼助は手に岡っ引を証明する書付を持ったまま、

「だがよ、小谷さん」

と、あらためて小谷同心に視線を据えた。鬼助は小谷同心を、市左や千太のように〝旦那〟とは呼ばない。つい三月《みつき》前までは、町方を不浄役人などと呼んでいた武家社会に、中間とはいえ身を置いていたのだ。町方の手の届かぬ範囲……その感覚が、まだ残っているのかもしれない。

「なにかな、鬼助」

小谷は箸を持つ手をとめ、鬼助を見返した。

「最初に言っておきやすがねえ、俺は小谷さんの手足にはならねえぜ。目について、こいつは放っちゃおけねえと思ったときだけ、小谷さんの手を借りまさあ。それでよござんすね。なあ、市どんもそうだろう」

「ま、まあ。そういうところだが」

不意に視線を向けられ、市左も戸惑いながら肯是《こうぜ》のうなずきを見せた。

「あははは、これまでがそうだったじゃねえか。そのほうがおめえらしい」

小谷は笑いながら返して、すぐ真剣な表情になり、

「ともかくだ、おめえらみてえに他人《ひと》の裏を嗅ぎまわっている稼業じゃ、嫌でも理不尽なことが目につき、放っておけなくなろうよ。そこをおめえらに期待してえ」

小谷は箸を膳に置き、代わりにお猪口《ちょこ》を取ってさらにつづけた。

「市左よ、おめえも〝ホトケの市左〟を自称しているようだが、鬼助という兄貴分を得て、そういう気分になったのじゃねえのかい。これからもそれを名乗りねえ」

「うひょーっ、小伝馬町のホトケの市左かい。なんだかくすぐってえぜ」

「小谷さん。やはりあんた、話の分かりそうなお人だ」

市左が満足げに言ったのへ鬼助はつづけ、

「この書付、大事にさせてもらいやすぜ」

ふところに入れると、その手でお猪口を取った。かための杯だ。

櫺子窓《れんじまど》を開けていても部屋は暗くなり、すでに行灯《あんどん》の灯りが入っている。

おもての飯台がさっきよりにぎやかになっているが、となりの部屋は静かだ。

「空けさせているのさ」

小谷は言った。同心が飲食の店で談合するときは、いつもそうらしい。いかに書き入れ時であっても、奉行所の役人に言われれば空けておかざるを得ない。盗み聞きを防ぐためらしい。

「なるほど」

鬼助は町奉行所同心の威力と用心深さを見た思いになった。

市左が提灯《ちょうちん》で足元を照らしている。

日本橋にはときおり提灯が揺れるのみで、掘割を流れる水音が聞こえる。

「へへん。あっしが御用筋の岡っ引たあ夢みてえだ。これも兄イのおかげさあ」

「ふふふ。小谷ってえ同心、悪徳医者を葬《ほうむ》ったときから感じていたが、同心らしくねえ同心だ。これから見倒屋稼業もおもしろくなりそうだなあ」

「まったくで」

二人は水音に低い声を重ね、橋を渡った。

渡れば北詰は室町《むろまち》一丁目である。まだ町々の木戸が閉まる夜四ツ（およそ午後十時）にはなっていないが、昼間のにぎわいなどなかったように静まり返っている。

二人の足は海鮮割烹磯幸《かっぽういそさち》の前にさしかかった。さすがに日本橋でも名代《なだい》の料亭で、さきほどの小料理屋とは違い、両脇の門柱の掛行灯《かけあんどん》に火が入り、玄関からも灯りが洩れ、客待ちの町駕籠が三挺ほどたむろしている。

「寄りやすかい」

「いや、もう遅い」

と、二人は通り過ぎた。

浅野家改易までは鉄砲洲の上屋敷で戸田局《とだのつぼね》に付いていた美貌の腰元奈美《なみ》が、女将《おかみ》の娘の養育係りと仲居たちの礼儀作法指南として磯幸に入っている。

堀部安兵衛の朱鞘の大刀で鬼助に合力《ごうりき》し、伝馬町の棲家に訪ねて来たこともある。後室《こうしつ》となった阿久里《あぐり》が瑤泉院《ようぜいいん》と名を変え、いまは実家の三次《みよし》藩浅野家の赤坂南部坂《なんぶざか》の下屋敷に住まいしていることを奈美から聞かされ、鬼助も一度、朱鞘探索の用で南部坂に出向いたことがある。

昼間、柳原土手で見た小袖の元の持ち主が誰か、奈美がそれを見れば判るかもしれない。だが、知ったところでどうなるものでもない。

しかし、

「俺は見倒屋だ」

夜道に歩を踏みながら、思わずつぶやいた。

(名と所在が判れば、手助けできることがあるかもしれねえ)

ふと思ったのだ。だが、見倒屋が助けになるなど、事態が最悪となった場合のことだ。売る物があるうちは、まだいいほうといわねばならない。

「えっ、兄イ。どうかしたかい」

「いや、なんでもねえ」

訝《いぶか》った市左に鬼助は返した。市左に、昼間の小袖の件はまだ話していない。

三

翌朝の目覚めは、蒸し暑いなかにも心地よいものがあった。

とくに市左はそうだった。といっても太陽が昇り、いくらか経てからだったが、

「うおーっ。きょうから俺たちゃ岡っ引だぜ」

蒲団から跳ね起き、その声で鬼助も目が覚めた。

朝は市左が奥の長屋から火種をもらってきて準備をし、味噌汁は鬼助がつくる。これまで堀部家の隠宅で和佳の手ほどきを受けながら経験を積んでいる。

「うひょー、きょうのは茗荷《みょうが》汁で逸品だぜ」

と、市左は大げさに音を立ててすすった。

岡っ引になったからといって、急に日常が変わるわけではない。

「――目について、やらなきゃならねえと思ったときだけ」

昨夜、鬼助は小谷同心に言った。見倒屋稼業だから、言える台詞《せりふ》だ。

朝めしをすませ、

「さあて、きょうも町へ他人《ひと》さまの難儀じゃねえ、お困りを嗅《か》ぎに出やすかい」

「そうするか。きょうはさしあたってやるべき仕事はねえし」

と、市左が職人姿の身支度をととのえ、鬼助もそれにつづこうとしたときだった。

「ごめんくださいまし」

玄関に訪《おとな》いの声が立った。若い女の声だ。鬼助にはすぐそれが誰か分かった。

「へーい」

脇道に面し、部屋から玄関に出る廊下にもなっている縁側に出ようとする市左を押しのけ、鬼助は腰切半纏を三尺帯で締めながら先に立った。

「待て、俺が出る」

「これは奈美さん。相変わらずむさいところだが、ともかく上がってくだせえ」

鬼助は奈美の来た用件を直感した。

「はい。お言葉に甘えまして」

奈美も話しがあって来たとみえ、草履《ぞうり》を脱いで玄関の板敷きに上がった。

玄関に面した板戸の部屋は物置にしており、奥の部屋を居間として鬼助と市左は寝起きしている。男所帯だからといって部屋が散らかっていることはない。借主の市左もだらしのないほうではなく、とくに物置の品々は整頓が徹底し、けっこう几帳面《きちょうめん》なところがある。鬼助は長年の中間稼業で、屋内から庭掃除などお手のものだ。

だから元奥女中で美形の奈美が来ても、造作は粗末だがいつでも奥へ招じ入れられるのだ。奥といっても、居間のつぎはもう裏手の台所だ。

「で、きょう来なすったのは」

「はい。柳原に吊るしてあったという小袖のことで」

案の定だった。居間で対座するなり奈美は応えた。

だが、なぜ奈美がそれを知っている。当然、

「奈美さん、土手に行きなすったので?」

「いえ」

入れた問いに奈美は返し、話しはじめた。

きのう夕刻前だった。遣《つか》いの者が一通の文《ふみ》を奈美に届けた。遣いは両国米沢町の八百屋のせがれで、文は堀部家の幸からだった。

米沢町で堀部家の者が町内の住人になにかを頼みすぐ応じてもらえるのは、これまで浪宅として住んでいた弥兵衛と和佳の人柄によるものだろう。

文の内容は、果たして小袖の件だった。幸は気になるのだろう。困窮しておればいささかなりとも救いの手を差し伸べたい。そう思ったに違いない。

「直接見て元の持ち主が分かれば、知らせてもらえまいかとのご依頼で、鬼助さんがお店の場所をご存じだから……ということで」

「知っていまさあ。俺も気になっておりやして。そこのおやじに訊けば、売ったお人の居所はすぐ分かりやしょう。さあ、これから参《めえ》りやしょう」

「兄イ、つまり土手に元赤穂藩に奉公なすっていたお方の着物が出ている、と。その元の持ち主を找《さが》せってことでやすね。あっしもお供しやすぜ」

　お茶を出し、そのまま鬼助の横に座り込んでいた市左が口を入れた。

　さらに、

「へへん。岡っ引が二人もついているんでさあ。古着古道具の元の持ち主なんざ、すぐに判りまさあ」

「岡っ引が二人？」

　言ったのへ奈美は表情を変え、じろりと鬼助を見た。

　元赤穂藩士に秘めた思いがあるのを奈美は知っている。それが極秘を要することも心得ている。

「いや、大したことではないんだ。ほれ、俺たちのこの稼業だ。いろいろと他人《ひと》の裏を見ることもあってよお」

鬼助は慌てたように、きのうの経緯《いきさつ》を話し、それがあくまでも見倒屋としてのことであるのを強調した。

奈美は納得したようだが、

「したが鬼助さん。くれぐれもお気をつけになってください」

「心得てまさあ、奈美さん。俺も元堀部家の中間でさあ」

鬼助は胡坐居《あぐらい》のまま威儀を正すように背筋を伸ばした。

なにを〝お気をつけに〟か、市左には分からない。いくらか戸惑ったようすで、

「えっ。俺、なんか余計なことでも？」

「いや、いいんだ。俺たちが八丁堀の岡っ引になったこと、奈美さんには知ってもらっていたほうがいい」

「ほうがいいって？」

ますます市左には理由《わけ》が分からない。

「なあ、市どんよ」

「へえ」

「ここの長屋の衆や、土手の兄弟《きょうでえ》たちには、黙っていたほうがいい。言って警戒され、仲間外れにでもされてみろい。かえって見倒しの商売ができなくなるぜ」

「そ、そりゃあそうかもしれねえが。せっかく岡っ引の手札を小谷の旦那からもらったんだぜ」

市左は神棚に置いた、きのうの書付を見上げた。

そこに鬼助は、

「ともかくだ、ほかの岡っ引みてえに小汚ねえ御用風なんざ吹かすんじゃねえ。俺たちゃあ隠れ岡っ引だ。そう思っておきねえ」

「ほっ、隠れ岡っ引。それもいいかもしれねえなあ」

市左は不満をかかえながらも、〝隠れ岡っ引〟には満足を覚えたようだ。

鬼助と市左のやり取りが終わったところで、

「信じておりますからねえ、鬼助さん」

念を押すように奈美はふたたび言った。奈美も堀部弥兵衛や安兵衛らの存念に、気持ちのうえで与《くみ》しているようだ。

「信じてくだせえ、元堀部家の中間を」

鬼助は奈美のようすにうなずきを入れ、また背筋を伸ばした。

「なんだか知りやせんが、もう土手じゃ兄弟たちが売《ばい》を始めた時分ですぜ」

市左が開け放された明かり取りの障子から外に視線をながした。柳原土手の売人たちは、一軒を構えている者から莚《むしろ》か風呂敷一枚で商っている者まで、お互いに兄弟と呼び合っている。見倒屋はおもに土手商いの売人たちの商品の供給源ともなっているが、自分でも莚を敷いて商うこともある。その意味から市左もかれらの兄弟の一員であり、新参の鬼助も市左の兄貴分で最初から兄弟《きょうでえ》あつかいになっている。

市左が部屋から視線を投げたそこは、奥の長屋に通じる路地になっている。影の具合で、およその時刻が分かる。

三人は腰を上げた。伝馬町の棲家から柳原土手は近い。玄関を出て町場の往還を北へ幾度か角を曲がりながら進み、小伝馬町の牢屋敷の脇を経れば、一部が江戸城の外《そと》濠《ぼり》となっている神田川が東西に走っている。距離にすれば九丁（およそ一粁《キロ》）ほどか、その賑《にぎ》わっている柳原土手の中ほどに出る。

奈美は薄青色の矢羽模様の着物に藍色《あいいろ》の帯を締め、一見武家の腰元に見える。帯には武家の女のたしなみである、袱紗《ふくさ》に包んだ懐剣を忍ばせているから、腰元そのものだ。

鬼助と市左は職人姿で、三人がならんで歩いていると、ちょうど出入りのお屋敷の奥女中に随《したが》っている風情だ。鬼助と市左もそのように、奈美より一歩うしろに歩を取っている。自然とそうなるのは、奈美に気品があるからだろう。さすがは名代の割烹の行儀作法指南になるだけのことはある。

三人が牢屋敷の脇を経て柳原土手に出たころ、陽はかなり高くなりすでに店開きをした古着屋や古道具屋のあいだを、素見客《ひやかし》も含め男や女たちがそぞろ歩いていた。

件《くだん》の古着屋は通りの中ほどから両国寄りのほうにある。中ほどからそこへ行くには、通らねばならないところがある。

市左と二人で莚を敷いて直接の売《ばい》をやったときだった。そこを奈美に見られた。磯幸の女将《おかみ》と奥向き老女中との三人で柳原土手を散策しているとき、たまたま鬼助が出ているところへ通りかかったのだ。血が顔に上り心ノ臓が激しく打ちはじめるのを懸命に抑《おさ》えた。奈美に見られたのが恥ずかしかったのだ。

扱っていた品が、女の腰巻だった。赤や桃色のそれらがひらひらするなかに、鬼助は座っていた。奈美は目を丸くしたものである。

すき好んで腰巻ばかりを売っていたのではない。常店はむろん、莚や風呂敷一枚の者でもおおかた売る物と場所が決まっている。市左のように、見倒しをもっぱらとし直接の売が不定期の者は、常連の兄弟たちと競合してはならないという土手の不文律がある。破れば即、締め出される。

古着でも古道具でも、回転の速いごく一般の物を持って行ったのでは、かならず誰かと競合する。それに、ごく一般の品なら自分で売などしなくても、いくらでも土手の兄弟たちが買い取ってくれる。

そこで古着ではなかなかさばけず、ある程度たまれば自分でならべる以外ない品といえば、女の腰巻しかない。もちろん一枚二枚なら半纏や法被《はっぴ》などと一緒に吊るしている売人もいるが、それ専門の店はない。つまり競合しない。その品が、いまも棲家の物置に幾枚かたまっている。また鬼助と市左は土手に出ることになるだろう。

以前出た一角が、もう目の前だ。そこだけ櫛の歯の抜けたように空いている。

鬼助が奈美をいざなうように歩を取り、そのうしろに市左がつづいている。

「よう、兄弟。きょうは売じゃねえのかい」

「おや、どなたかの案内かね」

ときおり両脇から声がかかる。いずれも兄弟たちだ。

そのたびに、

「おう」

「まあな」

と、鬼助と市左は返している。

以前、腰巻をならべた場所にさしかかった。

鬼助は口をつぐみ、足を速めようとした。奈美が一緒ではなぜか照れくささが込み上げてくるのだ。

「うふふふ」

背後から不意に笑い声が聞こえた。奈美だ。あたたかみのある笑い声だった。

「以前、ここで鬼助さん、珍しい物を売っておいででしたねえ」

「へ、へえ。まあ、その」

ふり返り口ごもった鬼助につづけ、

「あぁ、あれですかい。あれならこの土手のどこでも商えるもんでね。近いうち、また商いまさあ。なあ、兄イ」

「おう、そ、そうかい」

うしろから市左が屈託《くったく》なく話に入り、不意にふられたものだから鬼助は返答に戸惑った。

「まあ、またですか。おほほほほ」

奈美は歩を進めながら、品よく手を口にあてた。親しみのある笑顔と笑い声だった。

鬼助の心ノ臓の動悸が、不意に収まった。

美貌の元奥女中で、上屋敷ではほんの数度、顔を合わせたに過ぎない。もちろん、口をきいたことなどない。だが、奈美の笑い声で、しかも種《ねた》が腰巻である。これまで奈美と会ったときに覚えていた、垣根と緊張感が消え去ったのを鬼助は感じた。

「兄イ。兄イの言っていた古着屋って、そこじゃありやせんかい」

「おぉ、そうだ。さあ、奈美さん、ここでさあ。よーく見てくだせえ」

鬼助は歩をゆるめた。

四

「あれれ、きのうは中間姿でどなたかのお供だったようだが、きょうは市さんも一緒で？」

と、その古着屋のおやじはおもてに出ていた。

「おう、すまねえ。きょうも売りじゃねえんだ。ちょいと見てえ物《ぶつ》があってよ」

と、そこはこれまで市左が見倒してきた古着をよく買い取っていた商舗《みせ》だった。

「えっ、見てえ物って。うちがまさか窩主買《けいずがい》！」

その場に緊張が走った。窩主買とは、盗んだ品をそれと知って安く買い叩く、いわゆる故買屋《こばいや》である。まっとうな商舗なら、決して窩主買はやらない。あとが面倒で、お上《かみ》に物を没収され、盗っ人と同罪にされてしまうこともあるのだ。

だが、知らず窩主買をやってしまうこともある。柳原土手の商人たちが、最も警戒しているところだ。

市左がみょうな言い方をしたものだから、その古着屋のおやじはつい勘違いしたのか、それも警戒心のあまりだろう。

「いや、そうじゃねえ。見てえってのは、こちらのお人さ」

おやじとやりとりしていた市左は、鬼助と奈美のほうへふり返った。

きのうのきょうだ。上物《じょうもの》は目立つようにおもてに吊るしているが、そう右から左へ売れるものではない。あの小袖は、きのうのままだ吊るされていた。

「どうです。見覚えありやすかい」

と、鬼助が言うより早く奈美は吊るしてある小袖の前につかつかと歩み寄り、凝《じ》っと見つめ、手にも取って見た。

すぐだった。鬼助に市左、おやじが固唾《かたず》を呑むなかに、

「間違い、間違いありませぬ」

抑《おさ》えた声で奈美は言うと、

「これを手放すとは、いたわしや」

つぶやいた。さっきの〝おほほ〟とは、まるで別人のようだった。

「おう、おやじさん。この物を持ち込んだ人を知りてえ。おっと、窩主買なんぞじゃねえ。そこは安心してくんねえ」

言ったのは市左だった。

「持ち込んだお人って、まあ、市さんのことだ。言わねえわけじゃねえが、仕入れた先までは知らねえぜ」

「ほう。直《ちょく》じゃなくって、行商でもとおしているかい。それでもいいや。誰だい」

奈美と鬼助の注視するなかに、市左と店のおやじとのやりとりが進んでいる。

「行商の、ほれ。あんたも知っていなさろう」

おやじはその名を挙げた。

「ほっ、田町《たまち》の。知ってるぜ」

古着の行商人は家々をまわり、売りもすれば買いもする。

「あの仁《じん》なら間違ったことはしねえ。おめえさんも安心しねえ」

「それはもう」

「で、これを持って来たのはいつだい」

「三日前さ」

物が動いてから、まだ新しい。

「そのお人を訪ねれば、元の持ち主が判るのですね」

奈美が急《せ》くように口を入れた。

「そりゃあ、持ち主だったかどうかは知りやせんが、仕入れた対手《あいて》は分かりまさあ。しかしこんなこと、売人同士でも、そう話すもんじゃねえんですがねえ」

「もっともだ。さあ、兄イ、奈美さん、ともかく行きやしょう」

あるじがしぶしぶといった口調で応じたのへ、市左が歯切れよく返し、鬼助と奈美をうながした。

「面倒なことは嫌だからねえ」

「そんなんじゃねえったら」

あるじがまた言うのへ市左は返し、奈美も軽く会釈し、三人はその場を離れた。

市左ならではの鮮やかな訊き方で、土手に出入りしはじめてから日の浅い鬼助ではこうはうまく行かなかっただろう。

それに市左は、内心ホッとするものを得ていた。鬼助はさらにそうだった。

その仁は、まともな行商人だ。古着を売ろうと入った家で、逆に買取りを持ちかけられるのは珍しいことではない。そのながれで小袖が柳原土手の店先に吊るされたのだろう。これがもし、市左や鬼助と同業の手を経ていたなら、おそらく売り主の所在をつきとめるのは不可能だろう。夜逃げや逃亡をしなければならなくなったとき、せめて路銀の足しにでもなればと呼びつけるのが見倒屋であり、家財を買い取らせたその場から姿をくらます……。どうやら、そのような状況ではなさそうだ。

奈美の話だと、小袖の持ち主は多恵《たえ》という足軽の娘で、家族ごと上屋敷内の足軽長屋に住んでいたが、去年父親が死去したため多恵が下女として奉公しはじめ、母親はそのまま足軽長屋に住んでいたという。そこで多恵の働きぶりが奥女中の目につき、近々戸田局《とだのつぼね》付きの腰元に取り立てられることになったらしい。下女からお局《つぼね》付きの腰元とは、たいそうな出世ということになる。そこでそのお祝いとして戸田局から小袖が一枚、多恵に下賜《かし》されたという。

「そのとき多恵さんから好みを聞き、出入りの呉服屋を呼び絵柄を見つくろったのはわたくしなのです」

奈美は言った。

なるほど、見れば元の持ち主が分かるはずだ。歳《とし》なら、

「わたくしより五年若く、十八です」

話したのへ、鬼助ははじめて奈美の歳を知った。これもなるほどで、しっかりしているが顔は若く見えた。

奈美の話では、多恵は足軽長屋でその小袖を着て喜んでいたという。堀部家の和佳と幸が小袖を見たのはそのときであろう。

そこへ降って湧いたのが、浅野家断絶だった。国おもての赤穂では、内匠頭の刃《にん》傷《じょう》より城明け渡しまでおよそ一月《ひとつき》の期間があり、家臣はむろん各屋敷の奉公人たちも当面身を寄せる先をさがす余裕がいくらかはあった。

ところが江戸藩邸では、三日の猶予しか認められなかったのだ。あした家族そろって寝るところもないといった状況のなかで、家臣団はむろん足軽、中間、腰元、下女たちも朋輩《ほうばい》の落ち着き先を確認する余裕などあろうはずはなかった。みんなちりぢりになったのだ。

そこで和佳と幸がきのう柳原土手で見かけたのが、その小袖だったのである。

即座に、

(奈美どのなら見れば誰の小袖だったか判るかもしれない)

と、幸が判断したのは的確だった。その結果として、いま奈美と鬼助、市左の三人が、柳原土手を出て神田の大通りを日本橋に向かっているのだ。

「へえ、その行商人ですかい。そう深くつき合っているわけじゃありやせんが、塒《ねぐら》は田町《たまち》一丁目と聞いておりまさあ。なあに、行けば分かりまさあね」

市左は言う。田町は日本橋から東海道を南へ進み、京橋を過ぎ増上寺《ぞうじょうじ》の門前町も過ぎて浜松町《はままっちょう》の金杉橋《かなすぎばし》を渡った先の、街道に張り付いた町が田町一丁目で、簡単な用事なら朝方に出れば午過《ひるす》ぎには帰って来られる範囲だ。

三人の足が磯幸の前にさしかかったのは、太陽がそろそろ中天にかかろうかといった時分だった。

「中食《ちゅうじき》など用意しますから、お寄りになりませんか」

「いや。こういうことは一刻も早いほうが」

奈美が誘ったのへ鬼助は手を横に振った。磯幸に世話になっている奈美へ負担をかけたくなかっただけではない。料亭の座敷などに上がれば、中食だけでもけっこう時間を喰ってしまう。鬼助は面識こそないが、おなじ元浅野屋敷の者として、多恵とやらの周辺がどう動いているか気になる。戸田局から下賜された小袖を手放すなど、いよいよ売るものがなくなったことを示している。事態はいつどのようなきっかけでどんな悪い方向に動くか知れたものではない。一刻も早くようすを知りたい。

「それでは、暫時《ざんじ》お待ちくだされ」

と、奈美は玄関を入るとすぐに出てきた。午後もしばらく留守にすることを店に告げたのだろう。磯幸で奈美はけっこう優遇され、かなりの自儘《じまま》も利くようだ。

出てくると、奈美は町駕籠《まちかご》を呼んだ。身軽な職人姿の二人に、女の着物に草履《ぞうり》の足で迷惑をかけられないと思ったのだろう。

鬼助と市左はお供のように駕籠に従い、小走りになった。金杉橋を越え、街道の田町一丁目あたりで駕籠を捨てたとき、太陽は中天をいくらか過ぎていた。腹ごしらえに街道からすこし枝道へそれた蕎麦屋《そばや》に入った。街道筋の大振《おおぶ》りな店では、奉公人は他の町から来ていて土地のようすを訊《たず》ねても知らない場合が多い。

入ったのは小振《こぶ》りで、奉公人など置かず夫婦でやっている店だった。訊《き》いた。

「あぁ、あの古着の行商人さんですか。すぐ近くだわね」

と、拍子抜けするほどすぐに分かった。

奈美も急いで蕎麦をすすった。

蕎麦屋から二度ほど角を曲がった奥の長屋だった。

行商人はもちろん商いに出ていて不在だったが、それは予想内のことで、おかみさんが井戸端でおなじ長屋の住人だろう、お喋りに興じながら洗濯をしていた。

おかみさん連中は、懐剣を胸にした武家の腰元が職人二人を従え長屋の路地に入って来たのへ、訝《いぶか》るような目を向けたが、

「伝馬町の市左と申しやすが」

と市左が名乗ると、亭主から名は聞いていたか行商人のかみさんが立ち上がり、さらに鬼助が多恵の名を出すと、

「あぁ、赤穂藩で働き口を失ったという娘さん。気の毒だねえ」

と、一緒に洗濯をしていたかみさん連中が手をとめ、武家の腰元が訪ねて来たことに得心したような顔になり、そのなかの一人が言った。

「その人なら二丁目の炭屋の芝田屋《しばたや》さんとこさね。あそこもなにやら気の毒なことになっているとか」

「詳しいことは知らないけど、それでうちの亭主が出入りして、着物などけっこう買い取って助けてやったらしいよ」

かみさん同士の井戸端会議になりかけた。

多恵は田町二丁目の芝田屋という炭屋にいるらしいが、芝田屋自体がなにやら困った状態に置かれているようだ。ともかくその場所を聞いて長屋の路地を出た。

「なにやら複雑な事情があるようですね」

と、奈美は他人事《ひとごと》ならず小走りになった。

「こんな岡っ引みてえな仕事、初めてですぜ。おっと俺たちゃ本物だ、きのうから」

「こら。悪党を突きとめようってんじゃねえ。その逆だ、人助けよ」

「へえ」

と、鬼助も市左も小走りになっている。

近くで聞いたので、迷うことなくすぐに行けた。

さっきの蕎麦屋とおなじで、街道筋ではなく枝道を入った一角に小振りな暖簾を出し、さっきのかみさんたちの話から休業にでもなっているのかと思ったが、仕事はしていた。多恵もいた。黒くなった前掛を締め、手はむろん顔にまで炭をつけ、

「こ、これは奈美さま！」

突然の奈美の来訪に多恵は、両腕でかかえていた炭俵を土間に置き、膝をその場につけた。奈美も鬼助も市左も、その働きぶりに驚いたものである。

ともかく奥の部屋に通された。

多恵の部屋というより、芝田屋から母娘で一部屋をもらっているようだ。母親はそこに臥《ふ》せっている。

「こ、これは奈美さま」

と、言う声も弱々しかった。

「それにしても奈美さま、なぜここが」

問う多恵に、鬼助と奈美がここに至った経緯《いきさつ》を交互に話すと、

「まあ、あなたさまも浅野家の、堀部家にご奉公を！」

多恵は声を上げ、あらためて安堵の表情になった。

「さあ、つぎはあなたの番です。お局さまよりの小袖を手放すなど、なにゆえ」

「もうしわけ、申しわけありませぬ、ゴホン」

言ったのは臥せったままの母親だった。多恵は無言のままふかぶかと頭を下げた。上げた顔は泣いていた。額にまだ炭がついている。

芝田屋のあるじは、多恵の死んだ父親の弟だった。多恵は母親と叔父の家に落ち着いたことになる。

だが、鉄砲洲の上屋敷を出るとき、母親は病んで寝込んでいた。ともかく仲間の足軽衆が大八車に多恵の母親を乗せ、この田町二丁目まで運んだという。あの混乱のなかに、大変な作業だったことが想像できる。

「知りませなんだ」

奈美は言う。売掛のある商人や古道具屋、古着屋が押しかけるなか、そのようなこ

とがあったのを鬼助も気づかなかった。

ところが芝田屋もさっきの長屋のかみさん連中のうわさどおり、〝気の毒〟な事態に陥《おちい》っていた。

去年の暮れのことらしい。芝田屋の得意先で大口の売掛があるお店《たな》が二軒もたてつづけに商舗《みせ》を仕舞い、夜逃げをしたという。

「おっ、聞いたことあるぜ。去年の暮れだ。田町で酒屋と醬油屋が、一方が店仕舞いで夜逃げをし、そのあおりを喰ってもう一方も逃げたって。どっちにも俺の同業が入ってかなりの商いになったとよ」

市左が商いに一歩遅れたのを残念がるように口を入れた。

その酒屋と醬油屋に、芝田屋はかなりの売掛があった。回収できない。芝田屋が自分の商いの買掛を清算するには、多額の借金をする以外になかった。

それで夜逃げをすることなく年の瀬を乗り切ったが、明けてからが大変だった。借金の重圧で二人いた奉公人に暇を出し、夫婦でなんとか支えているところへ、多恵が病気の母親を抱えてころがり込んできたのだ。

多恵は奉公人となって働いた。それがきょう見た姿である。

そうした苦境のなかに母親は起き上がれず、薬料がかさむばかりだった。

戸田局より下賜された小袖が、柳原土手に吊るされていた理由など、もう訊かなくても分かる。

多恵は言った。

「焼け石に水でした」

それも納得できる。

さらにつづけた。

「もうだめなのです」

臥せっている母親の嗚咽《おえつ》が聞こえる。

「叔父さま夫婦にこれ以上の負担をかけることもできず、向後《こうご》の薬料のこともあります。それでわたくし、支度金をいただいて他所《よそ》へ奉公に出ることにしたのです」

「他所？　いずれに」

奈美が問いを入れた。

「増上寺の門前町から親切な口入屋《くちいれや》さんが訪ねて来てくださり、奉公先なら世話をしよう、と。なんでも三年前に甲州街道《こうしゆうかいどう》に内藤新宿《ないとうしんじゆく》という新たな宿場《しゆくば》が開かれ、そこが日々発展して旅籠《はたご》も増え、人手が足りずに困っているので、住み込みの働き口ならいくらでもあるから、と」

多恵の口調から涙声がうすれ、いくらか光明を帯びた。だが、仕事の斡旋稼業である〝親切な口入屋〟が〝増上寺の門前町〟というのへ、

「うっ」

市左が軽いうめき声をもらし、鬼助もそこに不審の念を持った。

「で、なんという口入屋で、どんな取決めでえ」

「それに、いつから」

鬼助の問いに市左もつないだ。市左は長年の見倒屋稼業で市井《しせい》の裏に通じ、鬼助も武家奉公だったとはいえ、堀部安兵衛を通じて巷間《こうかん》には詳しい。だから浅野家断絶後も、すんなり見倒屋に転じることができたのだ。

「なんでも新しい街の旅籠なので、お江戸のご府内より給金はずっとよく、それに支度金として十両ももらえますそうで」

「えっ」

早くも市左には感じるものがあり、

「きょう夕刻前に、口入屋さんが十両を持って迎えに来ることになっております。これで叔父さんにいくらかでもご恩返しができます」

これまで武家社会しか知らなかった奈美は、

「まあ」

安堵の声を洩らしたが、

「じょ、冗談じゃねえぜ。いいんですかい多恵さん、それで」

「いいってことあるわけねえだろう」

市左が言ったのへ鬼助が即座につなぎ、

「きょう夕刻前《めえ》ってんならまだ間《ま》があらあ。多恵さん、叔父貴《おじき》どのをここへ呼んでくんねえ、すぐにだ。市どん！」

「へいっ」

「きのうの書付、さっそく役に立ちそうだ。このこと、小谷さんに知らせ、そのまま伝馬町に戻って俺の中間衣装と木刀を持って来てくれ。いますぐだ」

「がってんだ。へへ、多恵さん、悪いようにはしねえ。俺たちゃ八丁堀の……」

「うおっほん」

「へえ」

鬼助の咳払いに市左は恐縮したように首をすぼめ、そのまま急ぐように立ち上がった。市左が〝俺たちゃ、きのうから岡っ引〟と言いかけたのを、多恵は気づかなかったようだが、奈美には分かっている。

「いったい!?」

多恵はわけが分からない表情になり、それ以上に戸惑いを見せ、ともかく市左が部屋を急ぎ出るのと入れ替わるように、店場の叔父を部屋に呼んだ。

五

叔父は清兵衛《せいべえ》といった。浅野家の元奥女中の前で畏《かしこ》まっている。

鬼助の話を聞き、

「えぇえ！　そんなことっ。すまねえ、多恵。死んだ兄貴にも申しわけねえことになるところでございやした」

「うううっ」

芝田屋清兵衛は蒼《あお》ざめた表情になり、母親はうめき声をしぼり出した。

十両といえば、大工や左官の半年分の稼ぎに匹敵する。それだけもの金子《きんす》を旅籠の女中奉公の支度金に出すなど、あり得ない話だ。多恵はともかく、そこに清兵衛が鬼助に言われるまで気づかなかったとは、芝田屋が夜逃げ寸前にまで困窮していたためであろう。

「まあ、さようなこと。許せません！」

と、奈美も絶句する始末だった。

それだけではない。内藤新宿は甲州街道の最初の宿駅で江戸から近いものの、四ツ《よっ》谷大木戸《やおおきど》の向こうで府外ということになる。そのことが、まず気になる。さらに口入屋の居場所が引っかかる。増上寺の門前町というではないか。話は十両ぽっちではなかろう。裏があるはずだ。その〝親切な口入屋〟は、源三郎《げんざぶろう》といったそうな。


夕刻近くになった。

市左は急ぎ、間にあった。相当走ったようだ。鬼助兄イへの行きがかりとはいえ、岡っ引になった意識がそうさせているのだろう。

「——ともかく、多恵さんはしばらくわたくしが預かります」

と、さきほど奈美が室町一丁目の磯幸へ連れて帰った。

いま田町二丁目の芝田屋には、中間姿で腰の背に木刀を差した鬼助と職人姿の市左が、口入屋の源三郎を待ち構えている。

いきなり同心の小谷健一郎に連絡をとったのは、事態が捕物に発展するかもしれないからだ。きのう岡っ引になったばかりの鬼助や市左では手順が分からず、それに根が思ったより深いかもしれないからだ。

二人は奥の多恵の部屋で話している。横には多恵の老母が臥せっている。

「奉行所の同心部屋で話すと、小谷の旦那は乗り気になりやしてね。俺が行くまで手出しはならねえ、と。ただし、源三郎とやらの所在をつきとめろとよ」

市左は小谷同心とのやりとりの内容を話した。

「なにか算段がありなさるのだろう。ともかく言われたとおりにしてみようじゃねえか。あ、ご母堂さん、なあんにも心配いりやせんぜ」

「ううう、もうしわけ、申しわけありませぬ。わたしがこんなばっかりに」

臥せったまま老母はまた声を絞り出した。

陽が落ちる前で、外はまだ明るい。

市左が走り戻ってきてからさほど時間は経ていない。

「鬼助さん、市左さん。いま、おもてに」

清兵衛の女房が、上ずった声で奥へ知らせに来た。

「よし」

鬼助は立ち上がった。ともかくきょうは、理由をつけて多恵の身柄を口入屋の源三郎に渡さず、あとは小谷同心と相談するというのが、当面の鬼助の立てた策である。

炭俵を積んだ店場で、

「なに、いない？　困りますよ。さきさまにはきょう連れて行くと話し、ほれ、支度金の十両もこのとおり、預かって来たのですから」

「さように話は聞いておりますが、なにぶん急な用らしいので」

「それでも困りますよ。ほれ十両、慥《しか》とお渡ししますから。すぐ呼び戻してくださいませんか」

源三郎だ。髷《まげ》もととのい着物に角帯もきちりと締めたお店者《たなもの》風の男が、清兵衛と向かい合っている。十両の包みにものを言わせ、是が非でもきょう陽のあるうちに多恵を芝田屋から連れ出したい構えだ。

「これはこれは芝田屋さん、多恵さんにお客人ですかい」

裏の勝手口から出た鬼助が、おもてから店場に入ってきた。紺看板《こんかんばん》に梵天帯《ぼんてんおび》の中間姿だ。腰の背には木刀を差している。

「ああ、これはさきほどのお中間さん。多恵はきょう戻りましょうか。こちらのお人が……」

「ほう。この町人さんが、多恵どのになにか用ですかね」

清兵衛が困惑したようすで源三郎を手で示し、鬼助はそれを一瞥《いちべつ》した。お店者のようすを扮《こしら》えてはいるが、遊び人風の顔つきと濁った目は隠しようがない。

（やはり、まともな口入屋じゃねえな）

鬼助は値踏みした。

「武家のお中間さんのようですが、手前は他人《ひと》さまの口入れを稼業としている者ですが、きょう是非ともお多恵さんに用事がございまして。お多恵さんの行く先をご存じでございましょうか」

「ご存じもなにもねえ。午前《ひるまえ》に多恵どのをここへ呼びに来たのはこの俺さ」

「えっ、それじゃいますぐ呼び戻してくださいまし。困るのです。こんな日にいったいどちらへ」

「なに」

鬼助は一歩踏み出し、口入屋の源三郎は押されるように一歩退いた。

会話は鬼助と源三郎のものになっている。

「おい、町人さん。おめえは多恵どのが幾月《いくつき》か前《めえ》まで、さる大名屋敷にいたことは知っているなあ」

「は、はい。お取り潰しになった浅野さまの、あっ」

源三郎は口を押えた。

「ほう、それを知ってのことかい。おめえの商いたあ、口入れを求めて来た人だけじゃなく、てめえのほうからも找《さが》しまわっているのかい」

見倒屋がそうである。世の裏を嗅ぎまわらねば、夜逃げや急な店仕舞い、駆落ちなど、そう簡単に見つかるものではない。

「い、いえ、決してそのような。ですが、困っているお人のうわさを聞けば、なにかお手伝いできないものかと」

「ほう、そうかい。それは親切なことだなあ」

と、ますます見倒屋の手法とおなじである。これで増上寺門前町の源三郎が、まともな口入屋でないことは明らかとなった。

「おっと、芝田屋さん。用件を忘れるところでした。多恵どのの仕事が長引き、今夜は帰れやせん。禄《ろく》を失っても大家《たいけ》ならなにかと用事がありやしてねえ。なにしろ多恵どのは働き者で、それでやすからいつ帰れるか、俺も聞いていねえんで。ともかくそれを告げに来た次第で」

「えっ。まさかこのまま戻らないのでは！　約束が違うじゃありませんか、芝田屋さん。お多恵さんはいったいどこへ！」

源三郎は清兵衛へ詰め寄るように向きを変えた。

「どこへだと？」

突然だった。鬼助は一歩踏み込み、腰の木刀を引きぬくなり切っ先を源三郎の喉元に突きつけ、腰を落とした。並みの腕でできる技ではない。ところが源三郎は木刀と知ってか手刀で切っ先を払ったではないか。安兵衛直伝《じきでん》の鬼助の動きをかわすとは、これもやはり並みの町人ではない。道場剣法ではなく、喧嘩の場数を踏んでいなければできない所作である。

「うーむ」

鬼助はうなった。

源三郎はさらに、

「ら、乱暴はいけません」

なおもお店者としての姿勢をくずさず、

「し、芝田屋さん。お多恵さんの約束、大丈夫でしょうねえ」

「へ、へえ。それはもう。で、あのう、二、三日遅れても、その、十両のほうは？」

どう事態が展開しようと、

「――あくまで十両に未練を示してくだせえ」

鬼助が芝田屋清兵衛に言っていたのだ。

図に当たった。その言葉は、芝田屋のほうから約束は違《たが》えないとの手証《てしょう》となり、源三郎はまたくらいついてくるはずだ。

「ならば二、三日たったら、また来ますよ。そのときにこれはお渡ししますから」

源三郎は左手に握っていた十両の包みをふところに入れ、

「まったく、これだから武家は扱いにくい」

愚痴《ぐち》のようにつぶやき、外に出た。

脇道から源三郎が街道に出ると、さっきから姿の見えなかった市左が物陰から出て来て、荷馬や町駕籠《つ》、大八車、往来人の行き交うなかに、三間（およそ五 米《メートル》）ほどうしろへぴたりと尾いた。源三郎の、増上寺門前町の塒《ねぐら》を確認するためである。

六

「ほんとうに、大丈夫でございましょうか」

清兵衛は店場に立ったまま、鬼助に心配げな目を向けた。女房も隅から歩み寄って鬼助に視線を据えている。

芝田屋には兄の娘である多恵に、苦境のなかとはいえ取り返しのつかないことをしそうになった負い目と、それを回避してもあとの経営が立ち行かないという切実な問題が残っている。赤く燃える炭を売っても、店全体が拭い切れない湿《きりもり》りに包まれているのを、鬼助は悪徳の源三郎に啖呵《たんか》を切りながらも感じ取っていた。

だからこそ、

(ともかくここを乗り切らなきゃならねえ)

思えてくる。

「あははは、心配はご無用に願いてえぜ。源三郎みてえな野郎は、お上《かみ》だって許しておきゃせんやな」

芝田屋夫婦に言っているところへ、

「おう、ここだな。間違いねえ」

と、長身の八丁堀の同心がいきなり店に入ってきたものだから、

「あぁっ」

夫婦は驚き、そろって一歩下がった。

この場面には、

「えっ、小谷さんが直接？」

と、鬼助も驚いた。来るのは岡っ引の千太とばかり思っていたのだ。

三人それぞれの驚きにおかまいなく小谷は、

「ほう、思ったとおり炭屋なのに湿っぽいぜ。そっちがあるじとそのかみさんのようだなあ。まあ、心配するな。俺が来たからにゃ、悪いようにはしねえ」

早口で一方的に言うとその場に立ったまま、

「鬼助。話は聞いたぞ」

と、また早口に話しはじめた。

清兵衛夫婦にすれば、八丁堀の同心が店に来るのなどかつてなかったことで、話をするのも初めてだ。役人で厳《いか》めしい印象しか持っていなかったのへ、あまりにもの気さくさに意表を突かれたような表情になっている。

「街道の金杉橋のところで市左に会ったのだ。聞けばいま悪徳の口入屋を尾《つ》けているところだというじゃねえか。それでその場で向後《こうご》の段取りをつけ、千太を市左の助っ人にやって俺がここへ急いだってえ寸法さ。悪徳を尾ける段取りをしたなんざ、おめえもなかなかやるじゃねえか。さあ、行くぞ。ついて来い」

言うと小谷はくるりときびすを返し、商舗《みせ》の外に出ると首だけふり返らせ、

「ま、心配すんねえ」

言うとすたすたと街道のほうへ歩を進めた。

「あっ、待ってくだせえ」

鬼助も慌てたように飛び出た。陽はまだ落ちていない。

清兵衛夫婦には見送りの言葉を口にするいとまもなかった。二人ともまだきょとんとしたままだったが、

(地獄で仏に会ったような)

そんな顔つきになっていた。


「なんですかい、小谷さん。わけが分からねえ」

と、鬼助は小谷に追いついた。

肩をならべても、長身の小谷だから肩も頭も高い。歩を進めながら鬼助は上向き加減になって、

「どういうことですかい。ついて来いって、これからどこへ」

「あはは。市左らと室町の磯幸で落ち合うことにしたのよ。あそこなら受け入れてくれよう」

「あっ。なるほど」

鬼助は得心した。

市左と千太がいま源三郎を尾けている。場所は増上寺門前だ。いま小谷と鬼助が街道を急げば、源三郎の塒を突きとめた市左と千太たちとおなじころに磯幸に着くことになるだろう。事態の推移を、奈美も多恵も臨場感をもって知ることができる。そうすれば、向後の策も立てやすくなるだろう。

それに、盗まれた安兵衛の大刀を探索するときも、磯幸が一肌脱いでいる。それを思えば、こたびはさらに合力《ごうりき》が得られるだろうことも得心できる。

街道に出た。

「おめえは俺の二、三間（四、五米）あとにつづけ。武家の作法などじゃねえ。向後のことを思えば、おめえが俺と一緒にいるところを他人に見られちゃまずいのだ」

「えっ、なにゆえ」

「理由《わけ》はあとで話す。さあ、他人の目がある。離れろ」

「へ、へい」

言われるまま鬼助は歩をゆるめ、小谷同心の二、三間あとにつづいた。

街道は陽の落ちる前にと家路を急ぐ往来人に荷馬、大八車が急ぎ足になり、きょうの終わりを告げるように全体がほこりっぽくなっている。

小谷とのあいだにときおり荷馬や大八車が割り込み見えなくなるが、長身の黒羽織で行く先も分かっているから見失うことはない。

さすがに八丁堀で、人とぶつかりそうになれば対手《あいて》のほうから道を開け、

「へい、どうも」

と、辞儀までする者もおれば、茶店の縁台からは、

「あら旦那、またのお寄りを」

などと声がかかる。そのたびに小谷は、

「おう」

と、軽く手を上げ、応えている。おなじ〝おう〟でも中間姿の鬼助なら、人とぶつかりそうになり互いに〝ごめんよ〟とつけ加えるときの言葉だ。

日の入りが近い街道に急ぎ足の背を追いながら、

（ふむ。この旦那、思った以上におもしれえ人のようだ）

思え、知らず胸中では小谷同心を〝旦那〟と称《よ》んでいた。

京橋を踏んだとき、そこがきょう一日で最も景気のいい音を立てているなかに、ふっとあらゆる影が消えた。陽が落ちたのだ。これから江戸の町は、徐々に夜のなかに入っていく。

さらに二人の足が相次いで日本橋も過ぎ、磯幸の暖簾を視界に収めたとき、ちょうど店の男衆《おとこし》が門柱の軒行灯《のきあんどん》に火を入れたところだった。屋内ではすでに灯りが入っていることだろう。

御用の筋の落ちあい先に使ったのでは、玄関から入るのがはばかられる。小谷は手前の脇道に入った。磯幸の勝手口がある路地だ。

さすがに磯幸で、裏庭の板塀から見越しの松がのぞいている。

(こりゃあ盗賊があの枝につかまりゃあ、簡単に中へ入《へえ》れるな)

などと、風流よりもつい定町廻りの目で見てしまう。

「さあ。市どんたち、もう来ておりやしょうかねえ」

と、追いついた鬼助が軽く板戸を叩いた。

七

磯幸の勝手口は、待っていたのかすぐ開いた。のぞいた顔は千太だった。

「へい。あっしらもいま来たばかりでございやす。源三郎は、やはり増上寺門前の野郎でした」

「そうか」

まっさきに言った言葉に、小谷同心は低くうなずきを返した。

通されたのは、お座敷ではなく居間のような部屋だった。客と顔を合わせることもなく、このほうがつごうがよい。女将が気を利かせたようだ。

部屋には奈美と多恵、市左、それに女将が顔をそろえていた。多恵は仲居の着物に着替えて髷もととのえており、炭屋の店先とは見違えるほどだった。

「これは小谷さま。奈美さんと市左さんから概要は聞きました。浅野家ゆかりのお人が難に遭われようとしましたこと、まったく許せぬことでございます」

女将は前回同様、積極的に合力する姿勢を示した。

かつて磯幸は戸田局から贔屓《ひいき》にされ、いまは瑤泉院《ようぜいいん》となった阿久里《あぐり》も幾度か来たことがある。料亭として大名家のご来駕《らいが》を仰ぐなど、これほど名誉なことはない。

「──磯幸は、阿久里さまと戸田のお局さまの下屋敷でございます」

と、女将は言っていたものだ。そのときいつも付き従っていた奈美が、浅野家改易後に磯幸に入ったのは、女将のほうから是非にと誘いかけたものである。

その戸田局と奈美にゆかりのある娘が遭いかけた難というのは、鬼助や市左が想像し、小谷もこの場で、

「それに間違いあるめえ」

と、さらに詳しく話したものだった。すでに増上寺門前町がらみで、奉行所に幾件かの類似したうわさが入っているのだ。

旅籠の女中奉公に十両の支度金など、誰が考えても破格で裏があると思わねばならない。そこに暗躍する口入屋の手法は、鬼助や市左の想像よりさらに性質《たち》の悪いもののようだ。

源三郎は十両を芝田屋に渡し、多恵にその証文を書かせるだろう。

「それによう、きょうの時刻を考えてみねえ」

小谷同心は言った。

源三郎が多恵を迎えに来たのは、夕刻の近づいた時分だった。四ツ谷を経て内藤新宿に着いたころには暗くなっているだろう。奉公人を上げるのに玄関から入るはずはない。裏手になるはずだ。

源三郎は帰り、多恵はともかく上げられた部屋で一夜を過ごす。

朝起きると、そこは旅籠ではなく女郎屋だった。多恵の前には因果を含めるように一通の証文がつき出される。十両の受領証文などではない。

奉公に上がると聞かされていた旅籠から女郎屋へ移籍した、すなわち知らぬ間に売り買いされた証文である。

「そうなりゃあもう遅いわな。十両の時点で、お多恵の身はその旅籠のものになっている。それを旅籠が移籍の代金をとって女郎屋にまわしたって段取りにならあ。そのときの金子は二十両か三十両。こう言っちゃあ、いきり立つ人もいようが、お女中でも武家娘だと銘打ってみねえ。五十両にはならあ。それに浅野家改易のあとだ。人数は出まわっていようし、そういうのがあってもおかしくはねえわさ」

「小谷さま！　言っていいことと悪いことがありますぞ!!」

　怒った声を入れたのは、女将だった。

「ほれほれ、もういきり立ってやがる。そう息巻かれたんじゃ、話が前に進められねえぜ」

「は、はい」

　女将は身づくろいするように、端座《たんざ》の膝をかすかに引いた。

　小谷はつづけた。

「そのなかから、かなりの額が口入れ料として源三郎にまわることになろうよ。野郎め、十両の元手でその倍くらいの利を得ることになる。まったく非道《ひで》えことをしやがるぜ、あいつらは」

「ありそうな話でやすねえ。あいつらって旦那、そんな例がありやすので?」

問いを入れたのは市左だった。

「あぁ、ずっと前《めえ》からな」

「だったら、なぜ引っくくらねえんで。そんな悪《わる》どもをよう」

声を荒げ、ひと膝まえにすり出た。鬼助もその構えになっている。

「できたらやっているさ」

小谷は淡々と話した。

「奉行所に来るのはうわさばかりで、娘からも親からも訴えは出ねえ。訴え出たところで、口入れしたほうに金子《きんす》の受け取り証文があれば、まあ門前払いになるだけさ。それに粘って公事《くじ》で娘を取り返してみろい。最初に受け取った支度金を返さなくちゃならなくなるかもしれねえ」

「途中に、さような操作があってもですか」

「そこさ、厄介《やっかい》なのは」

奈美の入れた問いに、小谷は応えた。

「口入屋が〝支度金〟を渡したのは江戸府内であっても、連れて行かれたのは内藤新宿や品川《しながわ》宿、板橋《いたばし》宿に千住《せんじゅ》宿であってみろ。こたびの例も内藤新宿だったなあ。そこはすでに府外で、俺たち江戸町奉行所の管掌《かんしょう》の外だ。捕まえるにも手続きは煩雑で、そのあいだに悪どもは逃亡《ふけ》ちまわあ」

如何《いかん》ともしがたい現実に、座には数呼吸の沈黙がながれ、

「旦那」

鬼助が口を開いた。

「そのうわさだがよ、そこに浅野の名が出ているのかい」

「やめてください！　鬼助さん。小谷さまのお話だと、起きてしまったことはもう仕方がなさそうです。そこに元浅野家の名があったかどうかなど、あぁぁ、聞きたくなどありませぬ」

奈美は両手で耳をふさいだ。いかにも悔しそうな口調だった。

また鬼助が言った。

「きょうはともかく、多恵さんが連れて行かれるのを防いだのだ。早いとこ源三郎をなにかの理由をつけて引っくくれば、コトはすみやしょう。あとは牢屋敷で蹴るなり叩くなりして吐かせりゃあ」

「できねえ」

「なぜでえ」

鬼助もひと膝まえに出た。

小谷はそれへ応えるように、

「きょう市左が奉行所に飛び込んで来て、源三郎の名を口にしやがったとき、俺の胸にゃ早鐘が鳴ったぜ。なぜだって？　そやつの名は前から知っていたのさ。タチの悪い口入屋としてなあ。うわさを幾度も聞いたってのは、その野郎のことさ。塒《ねぐら》が増上寺の門前だってこともなあ。それを慥《しか》と突きとめ、やつの手口がうわさどおりかどうかも見させてもらう、またとない機会だと思ったのよ。おめえらのおかげで、その二つとも叶《かな》ったぜ。きのうの書付がきょう効果を出すなど思ってもいなかった」

岡っ引の手札のことだ。女将は怪訝《けげん》な顔つきにもならなかったから、すでに奈美から聞いているようだ。

「だったらよ、さっさと引っくくりゃいいじゃねえか」

「ふふふ。それができねえから、こう慎重に構えているんじゃねえか。引っくくれねえ理由《わけ》は、おめえらも知っているだろう」

女将と市左、それに鬼助もうなずいた。実際にいかなる悪党といえど、ある条件があれば引っくくれないのだ。

寺社は寺社奉行の管掌《かんしょう》である。みょうなことに寺社の門前地も、寺社についている地面ということで寺社奉行の支配地となっていた。門前の広場が祭りや縁日だけに使われるなら面倒は起きないが、縁日の屋台が常店になって定着すればどうなる。寺社奉行には、数年の任期で大名が就く。大名家の江戸藩邸は、犯罪者探索の機動力など備えておらず、そこに人数を割くこともない。

一帯は町奉行所の手が届かない自儘《じまま》な天地となり、参詣客相手にめし屋が建ち、飲み屋ができ、酔客を呼び込む賭場《とば》がたち、合わせて淫売窟《いんばいくつ》もできる。

そこに町奉行所の手が及ばないとあっては、役人に追われた盗賊や殺しの犯人などが逃げ込めば、身は安泰である。そればかりか、始めからそこに住みついて悪事の根城にする者も現われる。

「それの一人が口入れの源三郎ってことにならあ」

小谷は断定するように言った。

そうした土地の住人の結束は固く、犯罪者の聞き込みを入れても得るものはなく、それればかりか奉行所の手の者が入っただけで袋叩きに遭いかねない。実際にそうした事例は少なくない。奉行所の同心たちがそのような門前町を前に煮え湯を飲まされ、悔しい思いをしたことは、

「数知れねえぜ」

言った小谷の口調は、さきほどの奈美以上に悔しそうだった。だからきょうも、源三郎の足が増上寺の門前町に入ったとき、

「――この先は兄イ、俺は入れねえ。あとは頼まあ」

と、千太は踏みとどまったのだった。

そうしたなかに、芝田屋で源三郎の手口を鬼助と市左が臭いと見抜き、あとを尾けて所在を確認する手筈をととのえたのは、大きな手柄といえるのだった。

「ふふふ」

小谷は不敵な嗤《わら》いを頬に浮かべ、

「俺もここで溜飲《りゅういん》を下げさせてもらうぜ。向こうさんの手口さえ見えりゃあ、こっちにだって打つ手があらあよ」

「いかように」

女将が問いを入れ、奈美も小谷を見つめたままひと膝まえにすり出た。

「これを始末するのに奉行所を通せば寺社奉行もで、埒《らち》が明かねえ。どこも通さず、かつ寺社地じゃねえ土地《ところ》で、しかも正当に葬るには囮《おとり》がいらあ」

女将と奈美へ応じるように言った小谷は、ちらと多恵に目を向けた。

これまで淡い行灯の灯りのなかに、身じろぎもせず話を聞いていた多恵は、小谷の

視線を受けるように顔を上げると、明瞭な口調で言った。

「わたくし、なります。囮に」

刹那《せつな》、座に張りつめたものがながれた。

そのなかに鬼助は、ここへ来るのに小谷が〝離れて歩け〟と言った意味を解し、市左も千太が門前町の手前で歩を止めたのを解した。

岡っ引であることが知れたなら、二人とも門前町に入れなくなる。

「へへん。おれたちが隠れ岡っ引であること、やつら気がつくめえ」

市左が得意げに言ったのへ、女将も奈美もうなずいた。

「市どん、こたびだけじゃねえ。これからずっとだ。そうでなきゃあ、俺たちいずれの門前町でも商いができなくなるぞ」

「あっ」

鬼助が言ったのへ、いまさらながらに市左は〝隠れ岡っ引〟の大事さを感じた。

二　脇差闇始末

一

囮《おとり》に——多恵の一言で座は動き、その夜のうちに向後《こうご》の策は練られた。

「俺はな、ただ溜飲を下げたいだけさ」

小谷同心は言ったものだった。なにしろ対手《あいて》は増上寺門前を根城にしている。それを闇で始末しようというのだから、奉行所で小谷健一郎の手柄になるとは思えない。まともに扱えば、かえって〝余計なことをした〟などと言われるだろう。

それに闇で始末といっても、夜陰に乗じてどうこうしようというのではない。始末をつけるのは、あくまでも昼間の太陽の下で、

「衆目のなかでよう。それを一番の闇始末とするのさ」

と、小谷同心は策を練り、

「おもしれえ」

市左が膝を打ち、鬼助も無言でうなずいたものだった。

それらの話し合われた磯幸《いそさち》からの帰り、すっかり夜更けて神田の大通りは、室町を離れると屋台の灯りさえなく、市左の持つ提灯が揺れるのみとなっていた。

「へへへ。見倒屋稼業の俺が、お江戸でも名代の磯幸で夕めしたあ堪《こた》えられねえや。それに棲家の神棚にゃ岡っ引の証《あかし》が……ふふふ」

酒も入ったせいか市左は上機嫌で、

「したがよ、岡っ引は岡っ引でも、隠れってえことを忘れちゃならねえぞ」

「そりゃあ、まあ、そうでやすが」

鬼助がたしなめるように言ったのへ、市左はやはり返答に物足りなさを乗せた。おそらく市左は、他の岡っ引がそうであるように、まわりから親分などと言われ、肩で風を切って町を闊歩《かっぽ》している姿を夢見たのかもしれない。

本物の脇差を木刀に似せ、腰の背に差した中間《ちゅうげん》姿の鬼助が多恵を田町二丁目の芝田屋に送りとどけたのは、磯幸での談合から三日目のことだった。

きのうの夕刻、口入屋の源三郎が芝田屋に来て、

「――あしたのうちに多恵が戻っていなかったら、あんたにとって十両がふいになるばかりか、逆に違約金として十両を請求することになりますから」

と言い残して帰ったと、清兵衛が磯幸へ伝えに来たのだ。

この間に、奈美から両国米沢町の堀部家に連絡が行き、幸がふたたび柳原土手に出向いて件《くだん》の小袖を買い戻していた。

このとき鬼助と市左がつき添った。業者同士の取引ということで、言い値の半額くらいにはなったものの、

「――それでもあの父《とっ》つぁん、いくらかは儲けていやすぜ」

市左は言っていた。

古着だから言い値も奈美が見つくろって発注したときの値より格段に安くなっており、土手の常店《じょうみせ》も行商人から仕入れており、それらを勘案すれば、多恵は相当買い叩かれたことになる。

「――あの行商め、俺たち見倒屋の上を行きやがる」

「――それだけ芝田屋は困窮していなすったのさ。多恵さんともども」

市左が言ったのへ、鬼助はつなぎ、

（──救うには、あの十両をいただくしかないか）

思ったものである。

小袖は鬼助の手から磯幸に運ばれ、多恵がしっかりと胸に抱きしめ、田町二丁目に持ち帰った。

当然、多恵の小袖の話は幸を通じて弥兵衛と安兵衛の耳にも入っている。

「──許せん！　困窮しているとはいえ、戸田局《とだのつぼね》より賜《たま》わった小袖を、土手の古着屋で晒《さら》しものにするとは！」

安兵衛は怒り、口入屋の源三郎に対しては、

「──むむむっ。困窮した浅野家中の者を喰いものにしようなどの輩《やから》、生かしてはおけぬ！」

実際に刀を手に立ち上がり、

「──馬鹿者！　大事を前にさようなことで走るとは、愚か者のすることぞ!!」

「──さようでございますとも。こたびは喜助さんのほかに、朱鞘《あかさや》の大刀の探索に奔走していただいた、南町の同心の方もついておいでのことゆえ」

弥兵衛が一喝し、幸も奈美から経緯を聞いているためか懸命になだめ、

「──ふむ、あの町方のう。それに、喜助には俺が存分に仕込んでおるゆえ」

と、ようやく腰を下ろし、刀を脇に置いたものだった。

見倒屋になって鬼助と名を改めても、堀部家にあってはやはり〝喜助〟である。

その鬼助と多恵が磯幸を出て、芝田屋に入ってからすぐだった。

「野郎め、まだ出てきていねえようですぜ」

市左が芝田屋の暖簾をくぐった。磯幸から鬼助と多恵のあとにつき、源三郎が出ていないか周囲に目を配っていたのだ。着物を尻端折《しりはしより》に脇差を腰に帯び、遊び人のかたちを扮《こしら》えている。それが市左には職人姿より似合っている。以前は本物の遊び人で、そこから人の裏を嗅ぎまわる見倒屋稼業に入ったのかもしれない。

「ほんとうに大丈夫でしょうか。多恵にもしものことがあれば、わし、わし」

「お多恵ちゃん、きっと帰って来ておくれよ」

と、店場で清兵衛と女房がうろたえている。

「なあに、清兵衛さん。同心の旦那も言ってなすったろう、悪いようにはしねえって。だからきょうは俺の言ったとおりにし、あとはここで首尾を待っていなせえ」

「は、はい」

清兵衛は返事をしたものの、女房ともども緊張がとれない。

源三郎は、浅野家中の者を喰いものにしようとしている。すでに幾人か、

「――武家娘の上物ですぜ」

と、喰い散らしているかもしれない。安兵衛が思わず刀を取ったのはそこである。禄を離れれば、男も女も、さらにかつての身分も関係なく、〝すべて身内だった〟思いがなぜか湧いてくる。それが町場の人騙しの女衒《ぜげん》の手に落ちる……。

弥兵衛の一喝がなければ、安兵衛は高田馬場の決闘のように押っ取り刀で芝田屋に駈けつけ、暖簾の内側で待ち伏せ源三郎が来るなり有無《うむ》を言わせず一刀両断にしていたかもしれない。

それに似た思いを胸に、鬼助は木刀ではなく安兵衛に贈られた脇差を梵天帯に差し込んで来たのだ。

太陽が西の空にかたむきはじめている。内藤新宿へ暗くなってから入るには、そろそろ迎えに来てもいい時分だ。

「市どん、行ってきねえ。小谷の旦那ももう来ていなさろう」

鬼助は言った。小谷を〝旦那〟とすんなり言えたのは、この間《かん》に培《つちか》われた信頼もあろうが、それだけ鬼助が町場にどっぷりと浸かったせいでもあろう。

街道から芝田屋の枝道へ入る角に茶店がある。そこに小谷同心が千太を連れて入っ

ているはずだ。

（人騙しの女衒野郎、来ればそのときからてめえは火に入《い》る夏の虫だぜ）

鬼助は確信している。浅野家ゆかりの者を喰いものにしようとしていることはもとより、騙して人を売り買いするやり方が、鬼助には許せないのだ。それこそ小谷同心から岡っ引の手証を預かるときに言った、〝放っちゃおけねえ〟輩《やから》である。

「がってんでえ。へへん、芝田屋さん、大船に乗った気でいなせえ。こちとらあ恐いものなしなんでえ」

岡っ引気分が胸にあるのだろう。市左は勢いよく芝田屋を飛び出た。

炭俵の積まれた店場で、

「鬼助さん、ほんとうに……」

「大丈夫でさあ。ほれ、このまえ来なすった背の高い同心の旦那さ。すぐ近くに来ていなさるのさ。多恵さんを女衒野郎に連れて行かれてしまうなんざ、万に一つもありやせんぜ」

なおも不安げな清兵衛夫婦を、鬼助は励ました。

多恵は奥の部屋で、臥《ふ》せっている母親をおなじように励ましていることだろう。

来た。

「ごめんくださいまし」

源三郎だ。相変わらず角帯をきちりと締め、お店者《たなもの》風を扮《こしら》えているのが、

（なにを悪徳口入れの女衒野郎め）

と、店場の物陰に隠れて見ている鬼助にはおかしかった。

「ほんとうに口入屋さん、まともな旅籠《はたご》で、いかがわしい所などじゃないんでしょうねえ」

と、清兵衛は芝居を演じるよりも真《しん》に迫っていた。実際に、これから出かける多恵が無事に戻って来るまで、安心はできないのだ。女房も店場の隅におどおどとしたようすで立っている。

「もちろんですよ、芝田屋さん。さあ、お約束の支度金十両です。受取証文へお多恵さんが直接爪印《つめいん》を」

清兵衛は受け取った。

「――慥《しか》と受取り、爪印も押しなせえ」

鬼助から言われている。

女房が奥に声をかけ、多恵が出て来た。懐剣こそないが着物にきちりと帯を締めたようすは、足軽長屋でも大名家の上屋敷住まいか、

と、源三郎が思わず声を上げたほど、いかにも武家娘の風情があった。目を細めた。

町場で得られる、まさしく上玉《じょうだま》だ。源三郎にとって浅野家改易よりおよそ三月《みつき》、こうした〝上玉〟は幾人目になろうか。

店場の隅の帳場で多恵はみずから筆を取り、さらに押印した。

「ほう、さすが」

源三郎はまた満足げに目を細めた。武家娘らしく、美しくしっかりとした筆致だ。足軽長屋であっても、立ち居振る舞いから読み書きの教養の訓導は受けている。

「内藤新宿です。野を越え山を越えての遠くじゃありません。会いたくなればいつでも会えますから。さあ、お多恵さん、参りましょうか」

源三郎は辞を低くして芝田屋夫婦に語り、多恵をうながした。多恵は着物の裾《すそ》をすこしたくし上げて帯にはさみ、手には鬼助に言われたとおり、かたちばかりに身のまわりの品を収めた風呂敷包みをかかえている。

十両の包みが、帳場机の上に置かれている。これがあれば、芝田屋は昨年末からの負債の連鎖を断ち切ることができる。

「おぉ」

（鬼助さん）

心配げに、多恵は店場の陰に目をやった。柱の向こうで暗くて見えないが、そこから鬼助が、

(任しておきなせえ)

心中につぶやき、凝《じ》っと見つめている。

「お多恵！」

源三郎にともなわれ往還に出た多恵につづき、芝田屋夫婦も外まで出た。ふり返った多恵を、

「さあ」

源三郎はうながした。

二

源三郎と多恵は、芝田屋の脇道から街道に出た。多恵の足取りに落ち着きがない。仕方がない。途中、内藤新宿へ入るまでに鬼助たちが仕掛け、

「――そこへ八丁堀の同心が出て来て、うまく始末をつけてくれまさあ」

と、鬼助から聞かされてはいるが、

――どこで

それは鬼助たちにも分からない。源三郎がどの道順をとるかによる。

「――俺がここぞと思うところで、決めさせてもらいやすぜ」

小谷は鬼助から言われ、了承したが、

「――奉行所の目をくらます、つまり闇裁きだ。だからけえって明るいうちで、衆目のあるところじゃねえといけねえ。そこは心しておけ」

注文をつけていた。

枝道から街道に出る角である。

「来たな。行け、市左。つぎに千太だ」

「へえ」

市左は茶店を出た。

源三郎と多恵の五間（およそ九米）ほどうしろに、着物を尻端折《しりはしより》にした市左が尾《つ》いた。そのまたうしろ五間ほどに、中間姿の鬼助が歩を取った。これだけの間隔を開ければ、街道はもちろん脇道に入っても気づかれる心配はない。

千太は市左と鬼助のあいだにするりと入り、

（おう、手筈《てはず》どおりだな）

鬼助はつぶやき、歩をゆるめ千太との間隔をまた五間ほどに開けた。

小谷同心も、

「さあて、行くか」

茶店の縁台から腰を上げて勘定をすませ、鬼助のうしろ三間（およそ五米）ばかりに歩を入れた。

市左と千太が先頭をときおり交替しながら源三郎と多恵を尾け、その市左と千太に鬼助がつながり、さらに小谷がつづき、鬼助がここぞと思ったところで仕掛けに出る。衆目があって陽もあるうちにというのが小谷の策だが、どのように……そこに鬼助と小谷とで、いささかのずれがあった。

源三郎は多恵の足に合わせ、ゆっくりと歩を進めている。内藤新宿に入るまでは、投じた十両を倍にする大事な玉なのだ。

その二人の足は街道に出るとすぐに芝田屋とは逆の西手の脇道に入り、武家地を過ぎて新堀川《にいぼりがわ》の赤羽橋《あかばねばし》に出た。東海道の金杉橋の八丁（およそ九百米）ばかり上流に架かる橋で、この川は金杉橋の近辺では金杉川ともいわれ、赤羽橋からさらに上流へ行けば渋谷川《しぶやがわ》と名を変えている。

源三郎は多恵をうながし、赤羽橋から川端の往還を西方向の上流に向かった。なるほど内藤新宿に向かっている。

赤羽橋から水音を聞きながら上流へ六丁（およそ六百五十米）ほど進むと一ノ橋がある。この川筋には武家地と寺社地がつづき、人通りは少ない。尾行は人通りの多い町場のようにはいかない。行く方向は分かっているので、見失わない程度にそれぞれが間合いを広げた。

多恵もなかなかのものだ。

「——あとを尾けることになるが、きょろきょろうしろをふり向いて源三郎に怪しまれねえように」

鬼助は芝田屋で多恵に念を押した。それを多恵は守っている。ふり向いたのは街道から枝道に入るときと、武家地から赤羽橋に出たときだけだった。そのとき多恵は市左と千太の姿を交互に確認し、安堵の思いを得たことだろう。源三郎も、この程度のふり返りなら、若い娘の家への未練と解しただけで、それ以上のことは想像しなかっただろう。

それに源三郎がふり返ったとしても、市左とも千太とも面識はない。しかもおなじ顔を二度つづけて見る確率は低いのだ。

二人の足は一ノ橋から川端を離れ、なおも西への往還に入った。ときおり源三郎は多恵と言葉を交わしているが、五、六間も離れていては聞き取れない。こっちだ、この道だといった程度のものであることは、その雰囲気から想像できる。うしろに尾いている鬼助に知らせなければならないような異常な緊張感は、そこにただよっていない。つまり多恵は、落ち着いた行動をとっている。

　その多恵が、角でも橋でもないのにちらとふり返った。市左が五間ほどうしろに尾いているときだった。

　一ノ橋から川端を離れれば、さきほどとは違って両脇とも町家である。人通りはあり、大八車も荷馬も通り、衆目はある。太陽は西の空にかなりかたむいているが、まだ日の入りではない。明るい。

　催促するような多恵のふり向きに市左は応じ、その五間ほどうしろに千太がいる。策の内容が事前に徹底しているため千太も解し、ふり向いた。鬼助が歩を取っている。そこはもう源三郎が立ちどまって伸びをしても視界の外である。鬼助は軽く千太にうなずきを返すと、すぐうしろの小谷にふり返り、

（仕掛ける）

　手で合図を送った。

　一ノ橋から西へ延びる町場の往還を四丁（およそ四百米）ばかり進むと四ツ辻があ

る。北から鳥居坂《とりいざか》が下ってきて、その一帯を鳥居坂町といった。四ツ辻は坂下にあたり、かつて坂上に鳥居なにがしという旗本屋敷があったからとか、あるいは昔麻布氷《あざぶひ》川《かわ》神社の鳥居が立っていたから、そうした名がついたともいわれている。

その坂下の四ツ辻に源三郎と多恵の足がさしかかった。

小谷の背後から、

「あらよっ、ごめんなすって」

急ぎの大八車が追い越し、坂下の往還に土ぼこりを上げて四ツ辻を越えて行った。

脇に避けた往来人たちが顔の前で手をひらひらとふって土ぼこりを払い、

「ごほん」

咳も聞こえてくる。

突然だった。まるでその大八車を追うように、鬼助が走り出した。

「えっほ、えっほ」

「おっとっと」

向かいから来た町駕籠を片足でたたらを踏んで避け、千太と市左を追い越し、

「多恵どの、多恵どの！　至急、お屋敷へお戻りくださりませーっ」

叫びながら源三郎と多恵のほうへ走った。

二人は四ツ辻のまん中で立ちどまり、ふり返った。

土ぼこりを上げ、走り込んだ鬼助はまた二人の前でたたらを踏んだ。

「な、なんでえ。このめえの中間じゃねえか、芝田屋で会った」

源三郎が多恵から鬼助をさえぎるように一歩踏み込んだ。

鬼助は一歩横に避け、源三郎の存在をまったく無視するように、

「多恵さん、すぐお屋敷へ。また用が出来《しゅったい》し、すぐお戻りくだされたく！」

周囲に聞こえる大きな声だ。鬼助が中間姿なら、多恵は着物に立ち居振る舞いから武家の女だ。そう見えるのでも扮《こしら》えたのでもない。いずれも本物だ。

「えぇえ！」

と、まだ土ぼこりの舞うなかに多恵は驚いたものの、

（これが仕掛け！）

すぐに解し、

「いますぐですかっ」

「なんでえ、てめえっ。この女は俺がっ」

合わせようとし、源三郎は無視されたことへ腹を立て、鬼助を手で突き飛ばした。

無理もない。すでに十両を投じているのだ。このまま内藤新宿に連れて行きさえすれ

ば、倍にも、いや、武家娘なら三、四倍にもなるのだ。

「おっ、やりやがったな」

鬼助の思う壺だった。胸を強く突かれて一、二歩よろめくなり腰を落とし、

「許さねえぜ！」

腰のうしろに左手をまわし、脇差を鞘《さや》ごと帯から抜くなり顔の前に立てた。

だが源三郎には、

(中間の腰は木刀)

先入観がある。

「へん、虚仮《こけ》脅《おど》しが！」

鞘を手で払った。

興奮しているのか、まだ分からなかった。実際に、見た目には本物と区別のつかない柄頭《つかがしら》や鍔《つば》、胴金《どうがね》に鐺《こじり》まであしらった木刀もあるのだ。源三郎はそう見たのか、鬼助の計算のうちである。

二人が往来で対峙《たいじ》するとすぐだった。

「喧嘩だーっ！」

「やくざ者がーっ、武家娘を拐《かどわ》かしーっ、奉公人が取り返しに来たーっ」

市左と千太が叫びながら走り寄って来た。打ち合わせた台詞《せりふ》だ。

舞台は坂下の四ツ辻のまん中だ。役者の衣装もぴたりと決まっている。往来の者は立ちどまり、四本の往還からは人が走り寄り、たちまちそこは〝観客〟の人だかりとなった。

「なにっ、拐かし?」

「町の与太が武家娘を⁉」

驚愕の声が飛ぶ。

「お中間さんっ、助けてあげなされっ」

大向こうからは女の観客の声だ。

こうなってはもういけない。

源三郎は十両の投資をしている。

あと一息で二十両にも三十両にも、いや、武家娘なら四、五十両か。

惜しい。

「行くぞっ」

「あぁぁぁ」

源三郎は多恵の腕をわしづかみにし、強く引けば多恵は悲鳴を上げる。

「どうしたのよーっ、中間さん！」

「木刀じゃ助けられねえかっ」

女の声に男の声も混じる。

予想以上の反響だ。

「許せん！」

抗《あらが》う多恵を源三郎はさらに引こうとする。

鬼助は鞘で思い切り源三郎の顔を殴りつけた。

「うわっ」

源三郎は多恵から手を離すなり、もうあとには引けない。

「野郎！」

右手をふところに入れた。本性をあらわし、その所作は早かった。振り上げた右手は匕首《あいくち》を握っていた。刃物だ。逆手《さかて》に振りかざしている。

「そりゃ抜いた！」

「きゃーっ」

観客から声が飛び、女が悲鳴を上げるなか、源三郎は、

「死にやがれーっ」

匕首を振り下ろしざま中間姿の鬼助に飛びかかった。

「あぁぁ」

多恵は叫び、観客からも悲鳴が飛ぶ。

が、その刹那《せつな》、

――キーン
源三郎も野次馬の観客たちも予想外の音を聞いた。金属音だ。

鬼助の木刀が鞘走《さやばし》り、抜身の脇差が匕首の切っ先を払ったのだ。

「おぉぉぉ」

周囲から驚愕の声が上がる。

つぎの瞬間、鬼助は匕首を防いだ脇差を下げるなり、

「えいっ」

一歩踏み込んだ。至近距離であり、斬りつけることは不可能だ。脇差の切っ先が源三郎の腹に深く刺し込まれた。

「ううっ」

源三郎はうめき、鬼助に向かって崩れ込む態勢になった。

周囲が息を呑むなか、鬼助はこの機を逃さなかった。左手の鞘を口にくわえ、その

手を源三郎のふところに入れた。

十両の受取証文を源三郎がふところに入れるのを、芝田屋の店場の陰から鬼助は見ている。つかみ出すなりそのまままた鞘を握り締めた。

明るい舞台に多い観客のなかで、そこに気づいた者はいない。鬼助はまだ、崩れ込んできた源三郎を抱き寄せるように支えている。

舞台は第二幕に入った。

千太と市左がふたたび叫んだ。ここ一番の大声だった。

「おぉお、旦那ア！　町の与太がーっ」

「お武家のお嬢を拐かしだーっ」

後方で満《まん》を持《じ》した小谷健一郎が、

「どうした、どうした、どうしたあっ」

左手で腰の大小を押さえ、裾《すそ》を乱して、四ツ辻の舞台に走り込んで来た。

「おぉぉぉ」

「八丁堀の旦那だーっ」

いずれも立見の観衆は左右に道を開けた。

「あっ、旦那！　ありがてえっ」

源三郎の身を支えたまま鬼助は叫ぶなり、

「この与太め！」

走り寄った小谷のほうへ突き放した。

「ううっ」

源三郎は苦痛に顔をゆがめ、右手の指が硬直したか匕首を握ったままである。突き放された拍子にその手が刃向かうように振り上げられた。観衆にはそう見えた。

「こやつーっ」

小谷は走り込みざま抜き打ちをかけた。下から上への逆袈裟《げさ》斬りだった。源三郎の身はそり返って血潮を噴き、匕首を握ったままのけぞるように崩れ落ちた。

動かなかった。息絶えたようだ。

予想外のことに、

「ううっ」

多恵は蒼白となって口を押さえ、市左も千太もそこまでは予測の外だったか、

「こいつぁあっ」

その場で棒立ちになった。

不意のことに一歩退いた観衆はふたたび二歩、三歩と輪を縮め、

「おぉ、八丁堀が」

「成敗なされたか」

あちこちから声が洩れた。

その後の小谷同心の措置は迅速だった。

刀をぬぐって鞘に納めるなり朱房の十手を取り出し、

「皆の衆、見てのとおりだ。町役《ちょうやく》の者はおらんか、すぐ戸板を持って来るのだ。ひとまずこの死体を自身番に運べ」

観衆のなかから、

「は、はい」

年寄りの町役が二人、腰を折りこわごわと歩み出た。

鬼助の芝居はまだ終わっていない。

「八丁堀の旦那へ。私らは早く屋敷に戻らねばなりやせん。あとはよろしゅう処置のほどを」

「失礼いたしまする」

鬼助に多恵もつづいて一礼した。

ちょうど陽が落ちた。

三

行灯《あんどん》の火に、部屋の中がほんのりと照らされている。

京橋に近い茶店の奥の部屋だ。

鬼助と市左、小谷と千太の四人の顔が、その灯りのなかに浮かんでいる。

「話が違うじゃねえか」

小谷は不機嫌だった。

「なあに、旦那。あゝしてあゝすりゃ、あゝなったまでのことでさあ」

鬼助は切り返した。

「どうも最初から、おめえの脇差が気になってはいたのだが」

と、不機嫌だが怒ってはいなかった。

それどころか、

「ま、あれでけえってよかったのかもしれねえ」

と、鬼助の行為を肯是《こうぜ》している。

鬼助が源三郎を刺し、小谷に斬り斃《たお》させた件である。さすがに堀部安兵衛直伝《じきでん》の技と間合いだった。

場所は増上寺門前から遠く離れている。小谷はそこで鬼助たちに騒ぎを起こさせ、源三郎を生け捕りにし自身番で余罪を吐かせる算段だった。そのうえで小伝馬町の牢屋敷に送る。死罪は免れても遠島は固いだろう。門前町の人間を他所で捕えて牢に入れる。町方にとっては溜飲を下げるものである。

「で、あのあと、鳥居坂町の自身番ではどうなりやした」

「どうもこうも、すべておめえの思惑どおりよ」

鬼助が訊いたのへ、小谷は憮然と応《こた》えた。

あのとき市左と千太の叫んだ内容が、事実となって往来人や町の住人にながれ、自身番の書役《かきやく》はそのとおりに書いた。名も住まいも分からない無宿者が、こともあろうに武家娘を拐《かどわ》かそうとしたのだ。それで忠義の中間《ちゅうげん》に刺され、奉行所の同心にまで刃向かおうとして斬られた。

自身番でまとめられた控え帳は、お白洲《しらす》の吟味でくつがえされない限り、そのまま確定として奉行所の御留書《おとどめがき》に記載される。

「死体なあ、自身番から無縁仏として近くの寺へ放り込まれ、一件落着だ」

「証人調べはありやせんので？」

「ふふふ。武家娘と中間は、名も告げず屋敷に帰っちまったんだぜ」

「へえ、そのとおりで」

「まったく、てめえって野郎は」

小谷はまだ憮然としているが、どこか愉快そうである。

「だがなあ、源三郎め、どんな野郎とつるんでいたか知れねえ。しばらくは多恵から目を離すんじゃねえぞ」

「分かっていまさあ。ま、大丈夫だと思いやすがね」

言ったのは市左だった。いい加減に言ったのではない。門前町の特質を知ったうえで市左は応えているのだ。

「ふむ」

と、小谷はうなずいていた。

しかし鬼助はつづけた。

「あと幾人か出て来てくれたほうがいいぜ。一人一人血祭りに上げてやらあ」

つぶやいた。許せないのだ。戦国の世でいえば、源三郎は落ち武者狩りをしていたにひとしい。しかもそこに騙しが加わっている。残党の二、三人、いるならおびき出して討ち果たしたいところだ。

鬼助にはあのあとまだ用件があった。現場を離れたあと、もと来た道を返し多恵を田町の芝田屋まで送りとどけ、

「そこで燃やしちまいやしてね。燃えねえ物だけが残りやした」

と、こればかりは小谷へ遠慮気味に言った。

「なにを燃やしたって？」

「なにをって、目に入《へえ》りやせんでしたかい」

「あれは旦那が駈けつけなさる前《めえ》でやしたからねえ」

と、市左は見ていた。十両の借用証文だ。

「あぁ、あれかい。せっかく武家にちょっかいを出した無宿人で、一件落着させようってんじゃねえか。こうなっちまったからにゃ、あとからみょうな証文など出てきてみねえ。話がこんがらがってくらあ。ややこしいものは、端《はな》からねえことにするのが、芝田屋の俺たちへの合力《ごうりき》ってもんだぜ」

「旦那も、それでよござんすね」

「よござんすもなにもあるかい。もう、そうしてもらわなきゃ困るってことさ。おめえもけっこう悪《わる》だぜ、俺に殺しの一端を担がせやがってよ、ふふふ」

と、小谷はいまさらながらに含み笑いを洩らした。まさに闇裁きだ。

京橋から日本橋まで九丁（およそ一粁《キロ》）ほどある。市左が芝田屋で借りた提灯を手に足元を照らしている。さすがに日本橋と京橋のあいだで、まだ飲食の常店の軒提灯が点々と街道に灯りを投げ、ところどころに屋台の火もある。

「きょうの働きを誰にも自慢できねえたあ、どうも背中がむずむずしていけねえ」

「それが隠れ岡っ引さ。小谷の旦那は、しばらく多恵さんから目を離すなと言ってなすったが、芝田屋に張り付くよりも、増上寺門前で源三郎につながる動きがないか探るほうが手っ取り早いだろう。それが小谷の旦那にできねえとなりゃあ、俺たちがやる以外にねえだろう」

「ふふふ、やりやすぜ。見倒しの仕事にもつながりそうだからよう」

話しているうちに、歩は掘割の水音が聞こえる日本橋に入っていた。

磯幸の軒行灯の灯りが見える。まだ町々の木戸が閉まる前だが、人を訪ねるには遅すぎる。だが、

「奈美さんは遅くなっても、きょうの首尾を待っていなさろう」

二人は見越しの松がある裏庭への路地に入った。

奈美は待っていた。

客用の座敷ではない、小谷同心も来て談合した、あの部屋だ。

奈美は、四人の連携に多恵もうまく合わせたことに、

「さすが」

と、驚嘆し、鬼助が源三郎を刺した件にも、

「落ち武者狩りのような所業、当然の報《むく》いです」

鬼助とおなじ発想できりりと言い、唇を嚙み締めた。奈美自身も磯幸がなかったならその日から寝る所にも困り、新たな奉公をなどと源三郎のような落ち武者狩りに遭っていたかもしれないのだ。たとえ他にも落ち武者狩りがいたとしても、少なくともその一つは討ち取ったのだ。

「もし多恵さんに後難があるようなれば、ここでしばらく母《はは》さまともども預かりましょう」

奈美は言った。

帰りは二人とも大きな暗い空洞となった神田の大通りに、ほろ酔い機嫌だった。名《な》代《だい》の磯幸の酒である。上物だった。

伝馬町の棲家に帰れば、大仕事のあとである。さすがにホッとしたものを感じる。

奥の居間で蚊《か》遣《や》りを焚《た》き、ごろりと横になった。

「兄イ、端《はな》から刺す気でいたのかい。それとも弾《はず》みだったのかい」

「分からねえかい。俺は木刀じゃなく、最初から脇差を持って行ったのだぜ」

「ほう」

淡々とした鬼助の口調に、市左はうなずきを返した。

四

つぎの日、午過《ひるす》ぎだった。鬼助と市左は増上寺の門前町に入っていた。

市左には増上寺の門前町など手慣れた土地《ところ》だが、鬼助もあるじの弥兵衛や和佳のお供で幾度か境内に入ったことがある。そこが将軍家の菩提寺とあっては、中間を随えた武士、小僧や女中を連れた商家の旦那や新造《しんぞう》、それに数人連れの町娘に職人風の若い衆などが、門前の大通りを行き交っている。供侍や中間たちが列をなした権門駕籠《けんもんかご》が進めば、人混みを遠慮するように走っている町駕籠もいる。

「いつ来ても、日本橋や柳原もそうだが、ようにぎわっているなあ」

「へへ。こういう一見華《はな》やかな町こそ、ちょいと裏にまわりゃ、俺たち見倒屋の種がごろごろころがっているんでさあ。さあ、行ってみやしょう」

市左は案内するように門前の大通りから脇道のほうへ足を向けた。鬼助も安兵衛のお供のときなど、枝道にそれたことがある。だが、奥までは知らない。

「――へへ、あそこにはちょいと変わった知る辺《しべ》がありやしてね」

と、きのうから市左は言っていた。

増上寺の寺域は広く、さらにその山門を出れば江戸湾の海辺へ向かう東方向に広い往還が二丁（およそ二百米）ほどにわたって延び、両脇に諸国から集まる学生《がくしょう》や僧たちの学寮や僧坊がならび、それの途切れたところに寺の表門がある。見上げるような朱色の太い柱の観音開き門で、諸人《もろびと》はそれを大門《だいもん》と呼んでいる。

その大門が寺域と町場との境となり、大門からさらに東方向へ町場の火除地《ひよけち》を兼ねた広い往還が延びている。増上寺門前の大通りで、両脇には寿司屋に蕎麦屋《そばや》に参詣人のための旅籠など各種の商舗が色とりどりの暖簾《のれん》をはためかせ、それがまた二丁ほどつづいたところで、南北に走る東海道と交差し、街道の往来人や参詣人でにぎわっている。その交差する場所は、街道の京橋と金杉橋の中ほどである。

大門の大通りから南側が増上寺の門前町で、大門に近い側を本門前町といい、東海道側を中門前町といって、町並みは南へ四丁（およそ四百米）にわたってつづき、その先が金杉橋のある新堀川となっている。

この広い範囲が増上寺の門前町であり、そこに殺しや強請《ゆすり》や刃物を振りまわしての喧嘩があっても、奉行所の役人や捕方は支配違いで入れないというのだから、小谷ら同心たちの悔しさは分かろうというものである。

ただわずかに、この一帯の東海道に面した部分は浜松町《はままつちょう》といって、門前町の範囲には入っていない。そうでなければ、天下の東海道まで町方が歩けないことになってしまう。浜松町の増上寺側の裏手に、街道と並行した裏道が一筋走っており、これが中門前町との境になっている。

鬼助と市左はいま大門の大通りの人混みのなかで、本門前町のほうへ足を向けたところだ。

「市どんの変わった知る辺ってのは、誰なんだい。仕事が変わっているのかい。それとも人が変わっているのかい」

「あははは、変わった職人さ。行けば分からあ。俺たち見倒屋には重宝《ちょうほう》な仕事でよ」

二人ともきのうの中間姿と職人姿ではなく、単《ひとえ》の着物を尻端折にした、一見遊び人風のいで立ちである。どちらも身に寸鉄も帯びていない。

「──あんな一皮むけばなにが潜んでいるか分からねえ町へ行くのに、刃物など持っていたんじゃやけえって危ねえ」

伝馬町の棲家を出るとき、市左は言ったものである。

だが鬼助にすれば、木刀も脇差も腰に差していないのは、どうも落ち着かない。

「それによ」

と、人混みと屋台のあいだをすり抜けながら市左は言った。

「その父つぁんよ、あの女衒まがい野郎の塒《ねぐら》のすぐ近くにいやがるのよ」

「ほう」

鬼助はうなずいた。

足は大通りから料亭と旅籠のあいだの枝道に入った。大門に近いせいか、両脇ともさすがは将軍家菩提寺門前の料亭と旅籠というのにふさわしい大層な構えだ。それらに挟まれた枝道は閑静で、おもての喧騒を拒絶しているような風情がある。

「あの女衒野郎、こんなところに住んでいやがったのかい」

「ひひ、そうとは限らねえが」

市左はみょうな嗤《わら》いを洩らし、

「ま、こうした町は、お武家の白壁から出て来てまだ間がねえ兄イより、俺のほうがちったあ詳しいぜ」

と、半歩ほど先に立ってすたすたと歩を進めた。

料亭の板塀が途切れると、いきなりあたりは小振りな料理屋や居酒屋が暖簾をつらねる一角に変わる。

ここまでは鬼助も安兵衛のお供のおり、幾度か足を踏み入れた。酒屋や小間物、荒物の商舗もあるところから、

「源三郎を塒まで尾けたろう。この近くかい」

「へへ、野郎はこんな上等なところじゃござんせんよ」

鬼助の問いに市左は嗤いながらふり返り、さらに歩を進めた。もう安兵衛も鬼助も知らないところだ。

往還というより、軒端《のきば》と軒端にはさまれた通路といったほうがよい。人とすれ違うにも互いに体を横にしなければならないほどの路地が、右に左に延び、飲み屋があれば一膳飯屋もあり、煮売酒屋もある。なるほどこうした場所には、中間を随えた二本差しが出入りすることはないだろう。第一に、路地では刀が邪魔になる。奥にちらと見えたのは、まだ昼間というのに白粉《おしろい》を塗りたくった紅い長襦袢《ながじゆばん》の女だった。

「あーら」

と、女は手招きしたが鬼助は無視し、その路地の出入り口の前を通り過ぎた。

鬼助はふり返った。この一帯では、ご法度になっている岡場所が点在し、昼間から

客引きをしているようだ。さきほど鬼助と市左のすぐ前を歩いていた職人風の男が二人その路地に入ったが、前を通り過ぎたとき、その者たちの姿はもう見えなかった。いずれかにしけ込んだのだろう。なるほど二人は網の目のように右に左に延びる路地を、迷わず目的を持って進んでいるようにすたすたと歩いていた。この町の常連さんであろう。

かくいう鬼助も、市左についてすたすたと歩をとっている。

「おい、市どん。どこまで行くんだい」

「へへ、もうすぐでさあ」

と、市左はさらに歩を進めた。

向かいからお店者《たなもの》風の男が一人、きょろきょろとあたりを物色《ぶっしょく》しているかのようにに歩いてきた。

「ごめんなさんして」

「へえ、こちらこそ」

市左と互いに道をゆずり合いながらすれ違い、

「おっと」

「へえ」

ないようだ。

と、辞を低くして鬼助ともすれ違った。この町が初めてか、それともまだ慣れてい

そうした客が一人ででも入ってくる。

人通りの多い大門の大通りもそうだが、路地裏に入っても秩序が保たれている。奉行所の役人が入らないからといって、無法地帯などにはなっていない。

その秩序は、鬼助も話に聞いて知っている。自主といえばきれい過ぎようか、仕切人がいるのだ。

「——ああした町でさあ、路地裏の飲み屋のあるじが暴利をむさぼったり吹っかけて客を脅したりすれば、その飲み屋はつぎの日には袋叩きにされ町から放り出されていまさあ」

いつか市左が話していた。訴える場があるそうな。仕切人の棲家《すみか》だ。なるほど、そんな飲み屋や女郎屋を放置していたのでは、町に客が来なくなって門前町の裏側の人間は喰えなくなるだろう。

逆に店へ因縁をつける客もおれば女に無体《むたい》を働く男もおり、刃物を出して喧嘩をする酔客もいる。門前町に限ったことではない。飲食の店がならぶ町ならどこでもあることで、日本橋でも京橋でも、さらに柳原土手でも見られる。しかし、門前町は特別

である。

実際に足を踏み入れてみると、確かに平穏ではある。だが、岡っ引の手札をもらったからではないが、

(なにかが潜んでやがる)

鬼助はそんな気配を感じ取っていた。

「――へへん。そうしたときにゃ、仕切人の手の若い衆が即座にかけつけ、あっといぅまに白黒をつけてしまいまさあ。それだけ他の客が安心して遊べるってえ寸法でさあ。一般の町みてえに自身番に知らせ、そこから奉行所に町の者が走るなんざ、手間ひまかかっていけねえ。殺しの場合でもね」

と、それを話したとき、市左はなかば得意気だった。隠れ岡っ引を承知したのは、そうした事情にある程度通じていたからかもしれない。

「おい、まだかい」

と、鬼助が問いを入れたとき、周囲のようすはさらに変わり、商舗《みせ》はほとんどなく戸建の家が雑多に建ち、あちこちに長屋の路地が西に東にと口を開け、大門の大通りからの者がほとんど足を踏み入れない土地《ところ》となっていた。それにもうすこし進めば新堀川の水音が聞こえてきそうなことは、歩いた距離感から鬼助にも分かる。実際、そ

こは新堀川の少し手前だった。ということは、門前町でも一番隅のほうということになる。いましがた通り過ぎたのは、造作の悪い木賃宿《きちんやど》の前で、髷も着物も乱れた数人の男がたむろしていた。

「兄イ、野郎はこの路地の長屋でしたぜ」

市左が通りかかった長屋の路地の出入り口を顎《あご》でしゃくった。

「ほう」

と、鬼助は返し、路地に視線を投げた。くたびれた感じの女が、立ち動いているのが見えた。

やはり通りに面して看板を出し、帳場を備えまともに商っている口入屋ではなく、もぐりの人ころがしにふさわしい棲家だ。

なぜそのような者に、多恵が引っかかったのか。源三郎が各所に〝落ち武者狩り〟の網を張っていたことと、多恵が病床の母親を抱え困窮に陥り、頼った先の叔父の芝田屋がまた夜逃げ寸前だったという切迫した二重苦に、正常な判断力を失っていたからだろう。

「あの路地よりも、俺の知り人に訊き込みといきやしょう」

市左は歩を進め、

「ここでさあ」

と、立ちどまって手で示したのは、源三郎の長屋からつぎの角を曲がって一つ目の長屋の路地だった。裏手のほうに聞こえる水音は、やはり新堀川だ。

五

その路地に入った。

五軒長屋の一番奥の部屋だった。

(なるほど)

と、鬼助は得心した。部屋の路地に面した腰高障子《こしだかしょうじ》に〝はやおけ　うけたまわりそうろう〟と金釘流《かなくぎりゅう》の下手《へた》な筆跡で墨書されている。

早桶屋《はやおけや》だ。早桶といっても、桶や駕籠を早く担ぐのではない。別の呼び名を西方屋《さいほうや》とも早物屋《はやものや》ともいった。西方とは西方浄土の西方である。

早桶とは野辺《のべ》送りに死体を入れる棺桶《かんおけ》(座棺)のことで、こればかりは前もって用意しておくわけにはいかない。死人《しびと》が出たとき大急ぎですぐ間に合わせなければならないから、粗雑な造作となる。それを造っているのだ。

人が死んで成り立つ商売だから世間から疎《うと》まれ、表通りに暖簾を張る仕事ではない。だから寺の門前町であっても隅のほうに引っ込み、かつ長屋の奥まった部屋でこつこつとやっているのだろう。

なるほど市左が〝見倒屋には重宝な〟と言ったはずだ。人が死ねば借金取りがどっと押し寄せ、遺《のこ》された者が夜逃げをする場合もある。鬼助が市左のところへ住みついてからすぐ、夜に大八車を牽《ひ》いて行った神田明神下の長屋がそうだった。市左はこういうところにも、商いの根を張っているようだ。

「へへ。ここの父《とっ》つぁん、桶八《おけはち》といってむかしは腕のいい桶職人で、名は八造《はちぞう》といいなさる。どんな事情か知らねえが、年とってからここに住みつき、早桶屋をやっているのさ」

市左は低声《こごえ》で言うと、

「おう、父つぁん。いるかい。伝馬町のホトケの市左だ」

声をかけ、腰高障子を引き開けた。

「おおう、伝馬町の。せっかくだが、いま見倒す家はねえぜ」

と、顔を上げた男は、真っ正直そうな職人気質《かたぎ》に見える、白髪の男だった。九尺二間の間取りで部屋は一つしかなく、しかも板敷きでそこに莚《むしろ》を敷いて仕事場兼寝床《ねどこ》にしているようだ。注文があればすぐ組み立てるのか板を削っていた。脇には竹の箍《たが》が束になって置かれている。

「ま、そう冷てえこと言うねえ。そうそう、こっちの兄イは鬼助といって、俺の兄貴分でよ、仕事を一緒にやってくれて助かっているのよ」

狭い土間に立ったまま市左は桶八老人に鬼助を引き合わせ、土間に足をおいたまま板敷きに腰を下ろし、鬼助にも手で示した。

鬼助は応じ、

「お初にお目にかかりまさあ、よろしゅう」

と、腰を下ろしながら早桶の八造に声を投げ、腰を下ろした身をそのほうへねじった。

「ほう、伝馬町の兄貴分かい。なるほどいい面構えをしていなさる」

桶八老人は膝で板を押さえ、手に手斧《ちような》のような鑿《のみ》を持ったまま鬼助に視線を向け、

「あんた、もしや、以前はお武家!」

ハッとしたように言った。弥兵衛と安兵衛の薫陶《くんとう》を受けている。見る者が見れば、そう見えるのかもしれない。小谷健一郎が鬼助に一目《いちもく》置いたのも、そう感じたからにほかならない。

「あはは、そう見えるかい。さすがは兄イよ。ま、武家奉公はしてなすったが、二本差しなんかじゃねえ。それがどうかしたかい」

「い、いや。なんでもねえ」

市左が笑いながら応えたのへ、桶八老人は真剣な表情で返した。

（はて、みょうな反応だ）

と、鬼助は感じたが、

「なあ、父つぁん。近ごろいい仕事がなくってよ。どっかねえかい、いい話がさあ」

「おめえのいい話ってのは、夜逃げか駆落ちだろが。そんなの、そういつもあるもんかい」

すぐまた市左と桶八老人のやり取りに移った。

「近所でちょいと聞いたが、そこの長屋に口入れ稼業の男が住んでるってなあ。だったらあっちこっちのお店《たな》や飲み屋につき合いがあるはずだ。聞いていねえかい、かたむきかけているお店や逃げたがっている人がいるってよ。引札《ひきふだ》（広告ビラ）じゃねえが、早めに声をかけておこうと思ってよ」

市左は話題をうまく源三郎につないだ。鬼助はさっきの疑念を脇に置き、桶八老人に視線を据えた。痩せたその容姿と表情から、あらためて〝生真面目な変哲者〟との印象を受ける。

「ぶるるる。いけねえ、あんなのに関わっちゃ」

桶八老人は〝源三郎〟が話題になるなり拒否反応を示し、首を横に激しく振った。

「どうしたい、父つぁん。そいつの名は源三郎って聞いたが、なにかまずいことでもあるのかい」

市左は板敷きに腰を下ろしたまま、上体を桶八老人のほうへかたむけた。

桶八老人は応じた。

「まずいどころじゃねえ。やつの部屋の腰高障子にゃ〝よろづ口入れ〟などと書いていやがるが、やっているのは女の売り買いさ。それも騙しの手口さね。おめえさんらの見倒屋稼業も褒められたもんじゃねえが、少なくとも他人さまを偽《いつわ》ったりはしねえ。わしの早桶も、内々じゃありがたがられている。だがよ、源三郎はそうじゃねえ。この町にもなあ、騙されて連れて来られた女が幾人かいる」

「えっ、そんなやつだったのかい、口入屋の源三郎ってのは」

市左は返した。

「あぁ、非道《ひど》いやつさ。つい一月《ひとつき》ほど前《めえ》もよ。騙された女が出刃包丁を振りかざし、野郎の長屋の路地に走り込んできたと思いねえ」

「あゝ、思った」

市左は受け、鬼助もその場面を想像した。さきほどの白粉と同業の女であろう。

「それでどうしたい」

市左の入れた問いに、鬼助も桶八老人を凝視した。

「殺されたさ」

「殺された？」

思わず鬼助が返した。

「やつの長屋の手前の部屋さ。浪人が一人、住んでいやがる。そいつが飛び出てきて一刀のもとに斬り捨てたのさ」

「手前の部屋に浪人？　源三郎って、そんな用心棒を雇っていやがるのかい」

また市左が問い、鬼助はさらに身を乗り出した。

「源三郎の用心棒じゃねえ。この町を仕切っている店頭《たながしら》に雇われているのさ」

町を仕切っている顔役を店頭といった。縄張内《しまうち》のあらゆる商舗から見ケ〆料《みかじめりょう》を取っており、お店《たな》の頭《かしら》という意味のようだ。

増上寺門前のように広い町場になると、そうした店頭が幾人も林立し、共存しながらも隙《すき》あらばと鎬《しのぎ》を削り合っており、そこに一応の均衡が保たれている。

飲食の店も少なく、あっても屋台程度で、木賃宿や裏長屋ばかりが寄り集まった町場の店頭では、大門の大通りに近い店頭にくらべ、格下ということになろうか。そうした店頭なら、あわよくばおもてのほうへと機会を狙っているかもしれない。

桶八老人の口から用心棒が〝店頭に雇われている〟と出たとき、

(それで俺を二本差しと看《み》たのか)

と、思ったが、それが理由でなかったのは、このあとすぐ分かった。

それよりも、

「人を殺《あや》めて、騒ぎにはならないのか。それに死体はどう始末をつけたので?」

鬼助はそこに問いを入れた。

桶八老人はまた鬼助をじろりと見て、

「この仁《じん》は伝馬町の、おめえの兄貴分だといっても、この町のことをなにも知っちゃいねえようだなあ」

「知らねえわけじゃねえが、お屋敷奉公が長かったもんで」

市左が代わって応えたのへ桶八老人は、

「ほう。だったら知っておきねえ。損にはならねえ」

と、お屋敷奉公と言われても、どこの屋敷かなどまったく意に介せず、話しはじめた。この町では、住人はむろん外来の者に対しても、過去をまったく問わないのがしきたりのようだ。以前《わけ》を持つ流れ者や隠れ者には、実に重宝な町だ。

「この町じゃよう、ことの善悪は通じねえ。ともかく町なかで騒ぎを起こそうとした者は、客だろうが住人だろうが、つまみ出されるのさ。それも死体になってよう。わしみてえにひっそりと生きているものにゃ、極楽さね」

「殺した者はどうなる。その浪人よ、女を殺したのだろう」

「だから言ったろう。その女の理非《りひ》は知らねえ。ともかく騒ぎを起こそうとした。だから殺された。殺した浪人は、騒ぎを未然に防いだのよ。なにも源三郎を護ったわけじゃねえ。源三郎が女を殺そうとしたのなら、話は別だがよ。やつは助かったうえ、のうのうとしてやがる。それがこの町さ」

「なるほどと言いてえが、どこかおかしいぜ。喧嘩両成敗とはいかねえのかい、その女の来《こ》し方《かた》も調べてよう」

「あはは。そんな屁理屈をよ、とおしたんじゃこの町が成り立たねえ。もちろん死体はほれ、水音が聞こえるじゃろ。夜中に江戸湾の沖合に、重石《おもし》をつけてドボンとやりゃあとは魚の餌《えさ》さ。死体がなきゃあ、事件にもなりようがねえだろが。それを仕切るのが店頭ってもんさ。それで手足の子分を幾人も養って、いい顔をしているのさ」

「うーん」

鬼助は唸った。

同時に、はたと気づいた。

さっきから、源三郎がいまなおそこの長屋にいる前提で、桶八老人は話している。それこそなるほどで、鳥居坂町の自身番で無縁仏として扱われたのでは、本門前町になんの連絡も来ないはずだ。町の噂もまだながれて来ていないようだ。

鬼助は問いをつづけた。

「その源三郎ってのは非道《ひで》え野郎のようだが、そいつがもしこの町を離れた土地で殺されたらどうなるよ」

「あはは。外で起きたことにゃ一切関与しねえのも、この町の掟《おきて》よ。その代わり、他所《よ》さまからの関与ははね返すってことさ。それでこの町のみんなは、それぞれの店頭に従っているのさ。源三郎が外で殺されたんならいい気味よ。ここの店頭は知らぬ半兵衛さ。もっとも、外から殺しに来たのじゃ護らねばならねえがな」

「理非を問わずにかい」

「まだ分からねえのかい。それがこの町の決まりさ。だからよ、そこの浪人も、和久《わく》田治郎太《たじろうた》とかなんとかいっているが、本名かどうか。この町に来てから五年ほどになるかなあ、一歩も町から出ていねえ。なにか不始末でもあって追われているのかもしれねえ。敵持《かたきも》ちってえうわさもあるがな」

（なるほど、それで俺を敵《かたき》拽《さが》しの者と看《み》たのか）

　鬼助はあらためて思った。

「その源三郎よ、いまもそこの長屋にいるのかい」

　問いを入れたのは市左だった。うまくながれに合わせている。

「あゝ、いるよ。きのうも午過《ひるす》ぎに会ったが、どっかへ出かけるみてえだったなあ」

「帰《けえ》って来たのかい」

「知らねえよ、そんなの。そこの長屋の住人に聞いてみねえ。もっともやつは女衒でけっこう遠くへも行くらしい。四、五日帰《けえ》って来ねえこともよくあるみてえだが」

「やつに仲間はいねえのかい、一緒に女衒をやっている兄弟分みてえのがよ」

「いねえ。外には知らねえがな。だがよ、伝馬町の。見倒しの仕事に網を張るのもいいが、源三郎はよしねえ。いい話を聞いて見倒しに行っても、逆に女から出刃包丁で刺されかねねえぜ。そういうことをしているやつさ、あの源三郎ってのはよ」

　どうやら源三郎の件で、あとくされはなさそうだ。

「おぉう、くわばら、くわばら。そんなのに関わりを持つのはよそうぜ、市どん」

「あゝ、そうだなあ。じゃましたなあ父つぁん」

締めくるように言った鬼助に、市左もうまく合わせ、腰を上げた。

「おう、また来ねえ。そのうち、大口のいい話もあらあ」

桶八老人の声を背に、鬼助と市左は長屋の路地を出た。

すぐそこに、帰らぬ源三郎と和久田なる浪人の塒《ねぐら》の路地が口を開けている。

六

「兄イ、ちょいと覗《のぞ》いてみるかい」

「いや。関わりを疑われねえようにしねえと」

桶八老人は、市左と鬼助が訪ねて来たのは単に見倒屋の仕事の一環と看《み》て、余計な詮索はしなかったようだ。

路地の前を通り過ぎ、新堀川の土手道に出た。川端に沿って一筋の往還がつづき、ところどころに舟寄せ場の石畳が組まれ、女たちが脛《すね》まで着物の裾をたくし上げて洗濯をしている。

昼間は日常の物流の水路でもあるが、夕刻ともなれば夜鷹《よたか》が出没する所としてけっこう知られている。それは鬼助もうわさに聞いて知っていた。さらに更《ふ》ければ、死体を江戸湾に運ぶ水路にもなっていたのだ。

二人は話しながら、その土手道を街道の金杉橋に向かって歩を進めた。夜鷹の出る時分にはまだ早い。

「この町のどこかから、日の入りとともに出て来るんでやしょうねえ。自分の部屋も持たねえ女たちがよう」

「そのようだなあ」

「それに、どのくれえ殺《や》ってやがるんでやしょうねえ。あそこにも荷運びのできそうな舟が泊まっていやすが」

「ま、考えてみりゃあ源三郎の野郎め、海にドボンじゃなく、無縁仏でも寺で葬ってもらえたんだから、まあましなほうだ。それにしても早桶屋の八造さんか、けっこうおもしれえ爺さんじゃねえか」

「へへ、あの父つぁんよ。仕事が仕事だけに、見倒屋稼業に親近感を持ってくれているのよ」

「ほう」

と、鬼助は桶八老人の親切が、いくらか理解できたような気がした。

橋板の騒音が聞こえてきた。金杉橋だ。

その手前で話している。街道に出てしまえば騒音のため、声が自然に大きくなる。

「芝田屋はまだ心配のなかだぜ。源三郎に仲間がいるんじゃねえかってよ」

「そのとおりだ。あと腐れはねえってことをよ、門前町のようすも合わせて知らせてやるにゃ市どんのほうがいいや。ここからちょいと遠まわりだが頼まあ」

「兄イは行かねえのかい」

「きのうから芝田屋には俺たちをはじめ、客ではない者の出入りが頻繁にあり、清兵衛さん夫婦のようすも尋常じゃなかった。そこへまた俺たちがつながって行ってみろい。近所の人らにおかしいと気づかれらあ」

「なるほど。で、兄イは」

「俺は南町奉行所で小谷の旦那に、源三郎の塒に異状なしと報告しておこうかい。ついでに磯幸にも寄ってみらあ」

話し終わり、街道に出て右と左に別れようとしたとき、

「そうそう」

鬼助がふり返って市左の耳元に口を近づけ、

「きのう源三郎が持って来た十両、恐い思いをした駄賃にもらっておきなって言って

おいてやんねえ。小谷の旦那も承知のうえだからってよ」

「へへ。ちょいと惜しいが、まあ、そのほうがすかっとすらあ」

　市左は金杉橋の騒音のなかに入り、鬼助はそれを背にした。

　南町奉行所では、

「おう。きのうの京橋の茶店で待て。すぐ行くから」

と、小谷同心は言った。やはり自身番の書役に記《しる》させたのが実際と大きく違っているのでは、奉行所の中では話しにくいようだ。

　鬼助は内心苦笑しながら京橋に戻り、昨夜の茶店に入った。茶汲み女は鬼助の顔を覚えていて、すぐ奥に部屋を用意した。

　待つほどもなかった。部屋に入るなり、

「増上寺のようすはどうだったい。波風などまったく起こっていなかったろう」

と、小谷は門前町の事情にはかなり精通しているようだ。鬼助が桶八老人から聞いた話をならべるとしきりにうなずき、

「ともかくだ、あと心配なのは外に十両の元手を一緒に用意したような仲間がいて、源三郎の消息が絶えたのを不思議に思い、芝田屋のまわりをうろつかないかというこ

とだ。一月《ひとつき》ほど何事もなければ、野郎には仲間がいなかったってことにならあ。芝田屋のまわりになにか変わったことがあれば、また知らせろ。みょうな野郎がいたならそいつもお裁きにかけるより、さっさと無縁仏にしたほうが世のためってもんだ」

「いいんですかい、奉行所の役人がそんなことを言って」

「なあに、そうした悪党どもがまき散らす害よ。仇は討ってもらいてえが、おもてにしてもらっちゃ困るってえ人もけっこういるだろうからなあ」

「なるほど」

鬼助はみょうに得心した。やはり奉行所の中では話せないことだった。この茶店は小谷がいつも使っているのか、おやじになにも言わなくてもとなりの部屋は空き部屋になっていた。


京橋からの帰り、磯幸に寄ったのはそろそろ日本橋も一日の終わりを告げる響きを上げようかといった時分だった。

奈美は中へと勧めたが、

「いや、それほどのことじゃねえ」

と、裏の勝手口に立ったままの話となった。

奈美も門前町の仕組は磯幸の仲居たちから聞いているのか、ある程度は知っていたので話しやすかった。小谷同心の話も合わせてすると、

「まあ、あと一月《ひとつき》ほど何事もなければ、この問題も終わりなのですね。芝田屋さんも、十両もあれば苦境を抜けられましょうねえ」

と、安堵の表情になった。


まだ陽は沈んでいなかったが、神田の大通りも忙《せわ》しなくなっている。提灯の代わりに一升徳利を下げている。上がらないのならせめてこれをと、磯幸の女将が持たせてくれたのだ。戸田局に贔屓《ひいき》にされていたせいもあって、磯幸の女将は奈美に限らず浅野家ゆかりの者には親切だ。しかも多恵を救出したたびの動きを、計画の段階から知っている。


鬼助が伝馬町の棲家に帰ったのは、日の入りを過ぎ、あたりが薄暗くなりかけたころだった。玄関の雨戸が開いている。

「おう、兄イ。俺もさっき帰《けえ》ったばっかりよ」

と、奥の長屋から火種を手燭《てしょく》にもらってきて、長屋への路地に面した縁側に上がったところだった。鬼助が、磯幸の一升徳利を見せると、

「うひょー、きのうにつづいてきょうもありつけるたあ、たまんねえ」

と、それぞれのようすを話すよりもさきに、もらって来た火で縁側に蚊遣りを焚き、酒盛りの準備に入った。

行灯も縁側に出して座り込み、

「で、芝田屋のようすはどうだったい」

湯飲みを杯《さかずき》代わりに口へ運ぼうとしたときだった。

「あらあ、二人とも。きょうはいい商いでもあったんですかね」

と、お島《しま》が縁側の前の路地を通りかかった。商売道具を背負っているから、いま外から帰って来たようだ。歳は鬼助とおなじくらいで、色黒の健康そうな女やもめだ。奥の長屋に住まいして小間物の行商をしている。帰りはいつも明るいうちで、こうも薄暗くなってから帰ってくるのは珍しい。

「おう、お島さん。珍しいじゃねえか、こんなに遅く帰《けえ》るとは」

「うふふ。ちょいと商いに弾みが出てねえ。帰りの間合いが狂っちまってさ」

市左が声をかけたのへお島は足をとめ、いくらか疲れたようすで応えた。

「商売繁盛でなによりじゃねえか。いい酒があるんだが、一杯やっていかねえか」

「えっ、いい酒？　いいのかい、ご相伴《しょうばん》にあずかって」

鬼助が言ったのへお島は返しながら縁側に腰を下ろし、背の商売道具も肩から外し、

「あらあ、いい匂いだ。ほんとにいいお酒のようだねえ」

と、夕方の縁側で三人の酒盛りが始まった。肴《さかな》は塩だけだが、磯幸で出している酒がこんな棲家や裏長屋で飲めるなど滅多にないことだ。

お島は小間物の行商で町々の長屋や小振りなお店《たな》などを足繁くまわっており、扱う化粧品や日用雑貨は、裏店《うらだな》のおかみさんや娘たちがちょいと買える値のものばかりだから、多くをまわり多くと話すのが商いとなり、それだけ耳に入る町のうわさも豊富となる。そこには夜逃げや葬式や駆落ちの話もあり、見倒しの仕事になりそうなときには急いで市左に知らせ、耳役料《みみやく》を稼いだりしている。

酒盛りにお島が加わったため、源三郎始末の話は脇におき、

「どうだい、お島さん。最近まわっている町で、いい話は落ちていないかね」

と、稼業の話になった。市左に緊急の話題がある素振りは見えないから、多恵のまわりに予想外のことは起きていなかったのだろう。

お島は湯飲みをぐいとあおり、

「あたしのお得意さんでねえ、夜逃げや駆落ちとは縁遠い話だけど、気になるお人がいてねえ。あんたがたも、力になってやってくれませんかねえ」

と、あらぬことを言い始めた。

「気になるって、どう気になるんだい」

鬼助が問いを入れた。

「聞いてくれるかい。やっぱり鬼助さん、武家奉公の長かったお人だよう」

と、お島は機嫌を取るように言い、

「敵《かたき》捜《さが》しさね」

「ぶぁっ」

思わぬ答えに、市左は口に含んだばかりの酒を吹きこぼした。昼間、桶八老人から〝敵持ちってえうわさも〟と聞いたばかりである。

それでなくても、鬼助には興味のある話だ。

「詳しく話しねえな」

鬼助はお島の湯飲みに酒を注ぎたした。

お島は一口それを喉に流し、

「諸国を捜《さが》し歩いて四年、江戸に住みついてからも三年というから、泣けるじゃないか。尾羽《おは》打《う》ち枯らしてさあ、まだ三十路《みそじ》前の姉と弟がですよ」

「敵討ちに姉と弟かい。みょうな組み合わせじゃねえか」

「だから可哀相なのさ」

「さきを話しねえ」

鬼助はうながした。

「知ったのはもう一年も前になるけどね」

「一年も？　なんで黙ってた」

「黙ってたわけじゃないさ。見倒しの仕事に関係ないから、話さなかっただけさ。きょうはつい、いい酒を飲ませてもらったからさあ。この酒の肴にと思ってね」

お島はさも旨そうに湯飲みをまた口に運んだ。

「さあ」

鬼助はうながした。

お島はまた満足そうに喉を湿らせ、

「それさ、飛び込みで知ったお人で、あたしに取っちゃいいお得意さんとはいえないけどね。まあ姉上さまがおいでだから、ときどきお化粧品の小間物などを買ってくれますのさ」

「じれってえぜ、そんなのはどうでもいい。敵討ちってのよ、どんな話なんでえ」

市左も急かした。

「敵の寄る辺はすべてまわったけど、どこにもいない。江戸へ出たらしいとのうわさを頼りに、それで三年」

「それもさっき聞いた」

と、また市左。

姉は近辺の針仕事を、弟は口入屋に頼って日傭取《ひようとり》の人足をしながら江戸の町々を找し歩いているらしい。

「岩本町《いわもとちょう》の長屋さ」

「えっ、近くじゃねえか」

と、鬼助。

伝馬町の棲家から柳原土手に行く途中の町で、土手にかなり近い土地《ところ》だ。

「いずれのお国の人だい」

「あっ。それ、聞いていなかった。ただ敵討ちとだけで」

「なんでえ、肝心なことを」

「いや、肝心なことは敵の名と風貌だ」

じれったそうな市左の弁を、鬼助はさえぎるように言った。

お島は応えた。

「名は小和田治郎左衛門《おわだじろうざえもん》、背丈《せたけ》は五尺三寸（およそ一・六米）ほどで肩幅は広く、頬骨が出っ張って目は細く、鼻の右下に大きなほくろが一つ」

「それで充分だ」

それにきょう昼間、桶八老人から聞いた名は和久田治郎太……。

「兄イ」

「ふむ」

市左と鬼助は顔を見合わせた。偽名は、本名とつい似てしまうものだ。

同時に、きょう昼間、和久田治郎太浪人の風貌を訊かず、確かめもせず、その長屋の前を通り過ぎたことが悔やまれた。縁側はすでに行灯の灯りのみとなっていた。

七

「兄イは物好きだねえ、一文の銭《ぜに》にもならねえことに」

まだ陽が昇ったばかりである。出かける支度をしながら、市左もまんざらでもなさそうに言った。

昨夜、

「――兄イ。ひょっとすると……かもしれねえぜ」

「――ふむ。和久田なる浪人はあの長屋に五年前。敵找しはすでに七年、辻褄《つじつま》も合わあ。二年ほど諸国を逃げまわり、あとは江戸の人海《じんかい》の中に……」

と、お島が提灯を手に帰ってから、鬼助と市左は話し合った。

そこできょう朝早く、弟が出かけないうちにお島の案内でその長屋を訪ね、詳しい話を聞こうということになったのだ。

お島は着物の裾をたくし上げ、手拭を姐さんかぶりにたすき掛けで商売道具を背負ったいつもの行商姿で、鬼助と市左はきのうとおなじ単《ひとえ》の着物を尻端折にした町衆のいで立ちだが、鬼助は腰に脇差を帯び、市左はふところに匕首を忍ばせている。

「いやですよう、あたしゃ。まるでやくざ者と歩いているみたいで」

脇差と匕首の二人にはさまれ、お島は言ったものだ。

三人の足は、小伝馬町の牢屋敷の塀に沿った往還を西に向かっている。高い白壁の向こう側には、多くの囚人が劣悪な環境の獄舎につながれている。

「――夜になれば、人の泣き声や悲鳴が聞こえてくる」

などとうわさされ、昼間でも人通りがほとんどない。

「そこを通れば近道だからよ」

と、悠然と歩を進めている前後に人影はない。お島も一人のときは避けている往還だが、伝馬町の棲家からそこを経れば、岩本町はすぐそのさきだ。

「お島さん、きのうも言ったとおり、俺たちを引き合わすだけで、心当たりがあるとか話すんじゃゃねえぜ。人違いかもしれねえし、いますぐ見に行くなどと言われちゃまずいんでなあ」

「そう、ちょいとややこしい土地《ところ》なのさ」

「はいはい、分かっていますよう。でも、なんだかわくわくするような」

話しながら歩を進めているうちに、

「ほら、そこの角を曲がった路地さね」

と、足は岩本町に入っていた。

「ほう、ここにお武家がなあ」

と、鬼助は足をとめ、感慨深げに長屋の路地に視線をながした。

(元浅野家臣のかたがたや、奉公人だった朋輩《ほうばい》たちも、さぞや……)

瞬時、思いが走ったのだ。

造作は伝馬町の棲家の裏手に建ちならぶ五軒長屋とおなじ、間取り九尺二間の板葺《いたぶき》の五軒長屋だ。だが、増上寺門前の和久田なにがしが住まう長屋と異なり、健全な息吹が感じられる。いま、かみさんに見送られて路地から出て来た職人姿は、道具箱を肩に担いでいるから大工のようだ。

「おう、いつもの小間物屋じゃねえか」

「いまからですか。お気をつけて」

お島と挨拶をかわした。顔見知りのようだ。

路地に入った。

二人ともいた。弟はちょうど刀を腰に出かけようとしていたようすだった。月代《さかやき》を伸ばした百日髷で、陽焼けした顔にいかにも古着といった袴と着物で、暮らし向きが一目で分かる。姉も三十路《みそじ》前というが日ごろの苦労か四十路《よそじ》近くに見え、髷には鬢《びん》のほつれが目立つ。

二人とも、お島につづいて狭い土間に入って来た町人二人に怪訝《けげん》な目を向けたが、

「こちら、あたしの長屋の近くの人で、そこの土手にもよく古着の店を出しておりまして、敵找しの話をしますと、あたしとおなじであちこちまわっており、よければ詳しく聞きたいと申しまして、はい」

お島が話すと、姉弟の目の色が輝き、

「むさ苦しいところですが」

と、すり切れ畳に上げられ、お茶も出た。麦湯《むぎゆ》なのが、この姉弟の生活を物語っている。

尾羽打ち枯らしても武士の前なので、鬼助は端座《たんざ》の姿勢をとり、市左もそれに倣《なら》っ

た。鬼助が脇差を膝の右側においたのを百日髷は目にとめ、

「ほう。脇差を腰にした古着屋は珍しい上に、作法にも適《かな》っておるが」

訝《いぶか》る視線を向けた。刀を右側に置けば、抜き打ちはかけられず敵意はないとの意思

表示になる。

「へへ。この兄イはついこの前まで、浅野さまのお屋敷で中間奉公をしておりやして

ね。しかも仕えていたのが」

「うおっほん」

市左の言いかけたのを鬼助は咳払いでとめたが、

「ほう。あの浅野家に」

「まあ」

と、姉弟は身づくろいをするような反応を見せた。敵《かたき》を追う身であれば、浅野家と

聞いただけで感じるものがあるのだろう。

「それでまあ、市井《しせい》にながれて古着の行商などを。それよりも、こちらさまでは敵を

お找しとうけたまわりましたが」

鬼助は話を前に進めた。

百日髷の武士は山辺《やまなべ》辰之進《たつのしん》と名乗り、姉は美佳《みか》といった。鬼助は内心オッと声を上げ、美佳を見つめた。美佳もその視線へ返すような仕草を見せた。

山辺家は三万五千石の美濃国犬山《みののくにいぬやま》藩の藩士で、

「父は勘定方でござった」

辰之進は話した。同輩の公金横領を見つけ、詰問したところいきなり斬りつけられ、絶命したという。その同輩の名が小和田治郎左衛門で、その日のうちに逐電《ちくでん》し行方をくらましたという。長男の辰之進がさっそく藩の仇討ち免許状をふところに、追跡の旅へ出た。尋《たず》ねあぐねた辰之進は江戸に出て腰を据え、江戸市中とその近郊を找すことになり、

「わたくしが国から出て来て、弟を支えることにしたのです」

美佳は言い、

「あと一年找し、見つからねば江戸にはいないものとみなし、わたくしも一緒に諸国探索の旅に出るつもりなのです」

「ほんと、涙が出ますよ。なんとかこの江戸で」

お島が感極まったように口を入れた。

きのう夕刻、旨酒のほろ酔いにお島が一文の得にもならない仇討《あだう》ちの話を親身になって話した気持ちが、鬼助には分かるような気がした。辰之進と美佳が語る小和田治郎左衛門の年恰好は、昨夜お島から聞いたとおりだった。

「山辺さま、俺たちゃそれと目串《めぐし》の刺せる浪人者に心当たりがあるわけじゃござんせん。ただ、このお島さんとおなじ行商でさあ、他人よりも多く町々を歩いておりやすもので。まあ、找す目が増えたぐれえに思ってくださいやし。鼻の右下に大きなほくろ、慥《しか》と気にとめておきやしょう」

鬼助は過度の期待を持たせないようひかえめに言うと右手で脇差を取り、腰を上げた。すぐに左の腰に差そうとしないのも、刀を持ったときの礼に適っている。

「ふむ」

辰之進はうなずき、美佳もその挙措《きょそ》を目にとめた。

長屋の路地を出たところでお島と別れ、鬼助と市左は来た道を返した。辰之進と美佳は外まで出てお島に礼を言い、さらに鬼助と市左を見送った。二人はふり返り、辞儀をして角を曲がった。

来た道に歩を返しながら、

「市どん、あの美佳さまに見覚えはないかい」

「えっ？　一向に。兄イは見覚えでも？」

「たぶん」

「というと？」

「ほれ、腰巻ばかり土手に吊るしたときよ、質素なお武家らしい女の人が安いのを一枚買って行きなすった」

「それが美佳さまで？」

「そうだ。おれはすぐ気づき、向こうさんも気づきなすったようだ」

「だったら、あ、そうか。物が物だけに、あのときのって言いにくいや。しかもお武家のことだし、尾羽打ち枯らした……」

「だから俺もなにも言わなかったのさ。こうしてみりゃあ、お江戸は広いようで狭いぜ。これもなにかの縁よ。あの長屋の和久田治郎太とかぬかす浪人、案外……」

「へへん、たぶん」

二人の足は速くなった。もちろん行く先は、伝馬町の棲家を通り過ぎて増上寺本門前町の桶八の塒《ねぐら》である。

まだ午前《ひるまえ》だ。

「どうしたい、伝馬町の。きのうのきょうじゃねえか。源三郎ならまだ帰《けえ》っていねえようだぜ」

鬼助と市左が腰高障子からまた顔をのぞかせたのへ、桶八老人は怪訝な顔になり、

「あんた、鬼助さんだったねえ、きょうは脇差なんざ差しやがって。見倒しの仕事で来たようじゃねえな」

「図星だぜ、父つぁん」

市左が応え、

「ちょいと気になることがあってなあ」

板敷きの莚に腰を下ろし、仕事場のほうへ身をよじった。桶八老人は鑿を持った手をとめ、聞く姿勢をとっていた。

果たして和久田治郎太なる浪人の風貌も大きなほくろも、ぴたりと一致した。

「ま、それを聞きに来ただけだ。ありがとうよ。さあ、兄イ」

「おう」

「待ちねえ」

聞くだけ聞いて腰を上げようとした市左と鬼助を、桶八老人は呼びとめ、

「市どんは前《めえ》から知っているが、そっちの鬼助さんとか、まさか仇討ちで和久田の旦那を狙ってここへ？　そうだとしたら、危ねえぜ。けっこうやりなさるようだ。わしまでとばっちりはご免だからなあ」

桶八老人は手の鑿を顔の前まで上げ、はたはたと振った。和久田治郎太なる浪人の腕がけっこう立つことと、自分に刃物は喰らいたくないとの、二つの意味が込められているようだ。

「そんなんじゃねえ。安心しなよ、父つぁん」

市左が顔の前で手をひらひらと振り、あらためて腰を上げ鬼助もそれにつづいた。その二人の背を、座ったまま桶八老人は心配そうに見つめていた。そのような桶八老人から、話が和久田治郎太なる浪人に洩れることはなさそうだ。口止めなどをすれば、桶八老人はかえって心配するかもしれない。

二人はおもてに出た。

「どうする、兄イ」

「どうするって、確かめる以外になかろうよ」

だが、ともに思案顔になった。桶八老人も山辺辰之進も、鬼助を〝武家にゆかりのある者〟と見破ったのだ。追われる者なら、なおさら鬼助の印象から感じ取るものがあるかもしれない。

「市どん。こういうとき、源三郎が役に立つぜ。そいつを訪ねて来たと部屋に顔を出してみねえ。となり同士だから好都合だ」

「わ、分かった。行ってくらあ」

鬼助は長屋の出入り口の陰に身を潜め、市左のうしろ姿を見守った。

路地に人影はなかった。

声が聞こえる。

「えー、ご免なすって」

腰高障子を開け、中に入ってからすぐに、

「へ、へえ。また、また来させてもらいまさあ」

市左は這《ほ》う這《ほ》うの態《てい》といったようすで出てきた。

「ともかく、兄イ！」

市左は興奮気味に鬼助の背を押し、新堀川の土手道に向かった。

「どうだったい。早かったじゃねえか」

川の水音が聞こえる。

「どうもこうもあるかい。昼間から女と一緒だ。野郎め、赤い長襦袢《ながじゅばん》なんざはおりやがって、気色《きしよく》悪い」

「で?」

「源三郎のことは知らねえ、と」

二日を経てもまだうわさすら入っていないようだ。

「だから」

「そう、そのとおりの風貌だったぜ。ほくろ、ほくろもでけえのが鼻の右下に、ありゃあ小和田治郎左衛門に間違《まちげ》えねえ」

「よし、市どん。野郎にまた来ると言ったのは上出来だ。行くぞ」

「行くぞって、どこへ。兄イ、まさか山辺さんに知らせ、助っ人まで!? 俺、いやだぜ。あの浪人、強そうだ」

「ははは。市どんに危ねえまねはさせねえ。助っ人をするにも、そのめえに場所を考えてみろい。打ち込みゃあ、理非もなくあそこの店頭の若い衆が束になってかかってくらあ」

「あっ」

市左はいまさらながらに気づいた。門前町の仕組だ。そこを桶八老人はまっさきに心配したのかもしれない。

「さあ」

と、鬼助は市左の背を街道のほうへ押した。

「どこへ？」

市左は心配そうな声を吐いた。

このとき一瞬、

(安兵衛さまに助っ人を)

鬼助の脳裡をよぎった。だが同時に、

(いや、あのお人には別の大望がおありなさるのだ)

思いなおした。

高田馬場の決闘よりも、複雑な仕掛けの必要な戦いになりそうな予感が、鬼助の脳裡に走っていた。

三　仇討ち助っ人

一

「小和田治郎左衛門か。和久田治郎太などとぬかしやがって、この五年間、あの門前町から一歩も外へ出ていねえというからなあ」

「こいつぁ骨が折れやすぜ」

鬼助と市左の足は、金杉橋から東海道を日本橋方向の北に向かっている。

いま二人の脳裡にあるのは、コトの理非を問わない門前町の特異なしきたりである。あの長屋の路地に、白装束に白鉢巻で打ち込み、〝やあやあ小和田治郎左衛門、ついに見つけたり〟などとやったらどうなる。

その一角を仕切る店頭《たながしら》ばかりではない。域外の者が斬り込んで来たとなれば、周辺の店頭たちも合力し、たちまちそれら配下の若い衆が討手《うって》を取り囲むのは必定《ひつじょう》だ。多勢に無勢で、しかも捕方も入《はい》れないとあっては、

「ぶるる。俺たちまで死体になって、夜の新堀川を舟で下るなんざご免ですぜ」

「だからよう、そこをなんとかしなきゃ。ともかく小和田治郎左衛門に目串を刺したことは、山辺さんたちに早く知らせて安心させてやりてえ。そのうえで、なにか算段するしかあるめえ」

「そ、そりゃあそうだが」

京橋を過ぎ日本橋への雑踏のなかに、市左はなかば震え声を這《は》わせた。

「俺だって恐いさ。ともかくだ……」

考えるべき算段は、

「どうやって外へおびき出すか」

である。話しているうちに、二人の足は日本橋の喧騒のなかに入った。

足の感触が板から土に変わると、室町一丁目である。

磯幸の暖簾《のれん》が目の前だ。昼時分のせいか人の出入りがあるものの、一膳飯屋とは違う。瑤泉院も上がったことのある名代の割烹だ。暖簾をくぐるのは、いずれも身なりのととのった大店《おおだな》のあるじ風か、供を連れた武士である。

「寄って行きやすかい」

と、市左が匕首《あいくち》をふところに、単《ひとえ》の着物を尻端折にした遊び人姿で言ったのは、足がちょうど勝手口への路地の前にさしかかったときだった。鬼助も脇差を帯びており、朝方お島が言ったようにやくざ者に見える。磯幸ならずとも、この日本橋界隈で同格の店の前に立っただけで門前払いになるだろう。だが、裏の勝手口なら別だ。頬かぶりの棒手振も出入りする。

「いや、近ごろちょいと寄り過ぎだからなあ」

と、鬼助は理由にもならない理由を口に玄関の前を通り過ぎた。

実際ここ数日、多恵の件で頻繁に会っている。いま乗りかかった船というよりも、すでに乗ってしまった敵討ちの件は、多恵とはまったく関わりがない。そのようなことで磯幸を訪ねるのは気が引ける。

「急ぐぜ。野郎が逃げるわけじゃねえが、七年も追いつづけていたことを思えばよ」

「おう、そのとおりでえ」

二人は足を速めた。

岩本町に入ったのは、太陽が中天を過ぎたころだった。急がねばならない朗報とはいえ、この時分によそさまの家に上がり込むのは気が引ける。

きょうは朝から歩きどおしだ。近くの一膳飯屋に入って腹ごしらえをした。行商人や出職《でじょく》の職人、荷運び人足などでけっこう混んでいる。なかにはおにぎりをふところから出し、簡単なおかずだけ頼んでいる者もいる。珍しいことではない。毎日出歩いているお島もよくそうしている。

庶民にとって中食《ちゅうじき》は一日の中休みでもあり、楽しみでもあるのだが、鬼助と市左にとってはこのあとのことを思えば、待つあいだもじりじりとする。できあいで皿に盛るだけの焼き魚をとったが、かえって食べるのに骨がもどかしかった。

それでも急いでかき込み、山辺辰之進の長屋に向かった。きょう二度目だ。

運よく辰之進は長屋に帰っていた。きょうは敵《かたき》找《さが》しではなく日傭取《ひようとり》に出る日で、朝方、鬼助たちが帰ったあと、すぐに出かけたようだ。それも近くの神田川の舟寄せ場の普請《ふしん》で、中食を長屋まで食べに帰り、ちょうどすませてまた出かけるところだった。そこへ朝に来た鬼助と市左がまた来て、

「朗報でさあ。しばし時間を」

と言うのへ驚きつつ部屋の中で対座し、

「大きなほくろの浪人が……」

と、聞かされ、みるみる辰之進と美佳の顔色が変わった。風貌も似ておれば和久田

治郎太なる偽名も、敵《かたき》の小和田治郎左衛門に似ている。増上寺の門前町に住みついて五年という年数も、出奔《しゅっぽん》七年の範囲内だ。

間違いない。午後の日傭取どころではない。

「鬼助、市左、待っていてくれ。午後の仕事は出られぬと告げてくる」

きょうの仕事場は近くだ。普請に出たとき、人足たちは手拭を鉢巻にしているが、辰之進は夏でも冬でも頬かぶりをしている。百日髷を隠すためだ。刀は常に普請場まで持って行っている。いつ治郎左衛門に出会うか分からないからだ。

それにしても現場へ午後の休みを告げに戻るとは、なんと律儀なことか。

——身勝手はいかぬ

弥兵衛から常に言われていた人生訓の一つだ。かようなときにも、辰之進はそれを守っている。鬼助はさらに辰之進に好感を持った。

すぐに息せき切って戻ってきた。

「して、治郎左衛門はいずこぞ!」

すり切れ畳に跳び上がるなり問いを鬼助と市左にかぶせ、手にしていた刀を腰に差そうとした。

「それがねえ辰之進、まず座りなされ」

「えっ、なにか不都合が？」

　重い口調で言った姉の美佳のようすに、辰之進はようやく動きをとめ座についた。辰之進が暇《ひま》を知らせに行っているあいだに、鬼助と市左は美佳に、場所が増上寺の本門前町であることを、土地の特異性とともに話していた。

　鬼助と市左はふたたび、

「多勢に無勢となれば、返り討ちは必定……」

と、門前町の仕組をさらに詳しく話して聞かせた。その特異性を納得させるのにずいぶん時間がかかったが、得心すると辰之進は、

「うーむむむっ」

　焦りの呻《うめ》きをもらし、額には脂汗をにじませた。無理もない。七年目にして得た確かな報に、足踏みをしなければならないのだ。まだ刀は握ったままである。

「ならばだ」

　辰之進は言った。

「不意を襲い、その町の無頼どもが来るまえに本懐を遂げ、あとから押し寄せて来ようが仇討ち免許状を示せば、無頼といえど……」

「なりませぬ、山辺さま」

鬼助は強い口調になった。

「それが通用する相手でも土地でもありませぬ。それに、これから増上寺門前に走っても、敵がその長屋にいるとは限りませぬ。よしんばいたとしても、もちろん私はこの脇差で助太刀はいたします。なれど、敵が瞬時に斃《たお》せる対手《あいて》であるかどうか」

「そう、そこなんでさあ。強そうでしたぜ。一筋縄では……」

市左も口を入れ、鬼助はさらにつづけた。

「一度やりそこなってみなせえ、二度と機会はめぐって来やせんぜ。せっかくの機会でさあ。ここは一つじっくりと腰を据え、手立てを考えなきゃなりやせん」

「うーむ」

「その手立てというのは、小和田治郎左衛門を、寺域より外へおびき出すことでございましょう」

美佳が言った。寺社門前町の特質を解したうえでの言葉だ。さすがに姉で、神経の昂《たか》ぶっている辰之進にくらべ、冷静な判断ができるようだ。

「そのとおりでさあ、美佳さま。したがこの五年間、あの門前町から一歩も出たことがねえという野郎、いえ、その用心深《ぶけ》えのを、どうやっておびき出すか。新堀川の橋一本を渡らせるだけでも、容易じゃござんせん」

「…………」

鬼助の言葉に、美佳はしばし思案顔になり、

「もし、女のわたくしが治郎左衛門に顔を知られていなかったなら」

思案顔になおも思案を重ね、いくらか躊躇《ちゅうちょ》を含んだ言いようだった。

(女なら油断するかもしれぬ)

その思いが念頭によぎったのだ。武家の女として、かなりためらわざるを得ない発想だ。しかし、千載一遇の好機でもあるのだ。

「美佳さま」

と、鬼助はそれを解し、美佳に視線を据えた。

「敵は、美佳さまの顔を知っているので？」

「はい。わたくしたちが治郎左衛門の顔を見知っているように、向こうも国おもての城下で、この辰之進もわたくしも見知っているのです。父の同輩でしたから」

武家社会の過酷さがそこに垣間見《かいまみ》られるが、それよりも美佳の発想が鬼助の思考の手掛かりとなった。

同時に、芝田屋の多恵の顔が脳裡に浮かんだ。

が、

（いかん）

打ち消した。小和田治郎左衛門を外へおびき出すのに多恵を使うなど……頼めば嫌とは言わないだろう。だがそれではあまりにも恩着せがましすぎる。

やはり次に浮かんだのは、さきほど素通りした磯幸にいる奈美の顔だった。

市左がきょう午前、〝源三郎〟を種に治郎左衛門の長屋に顔を入れたとき、〝また来させてもらいまさあ〟と言い残したのを〝上出来〟と感じたのは、まだ漠然と、

（――使える）

と思っただけで、それを具体的にどうのとまでは念頭になかった。だがいま、それを使う策が朧《おぼろ》ながらも鬼助の脳裡に浮かんできた。

（対手が女であることへの油断に、〝源三郎〟を重ねれば……）

である。

「この策、俺とこの市左に立てさせてもらえやせんか。及ばずながら、この算段はお武家には無理でございまさあ」

「ふむ」

と、辰之進はさきほどよりも気を鎮《しず》め、

「おぬしら、浅野家ゆかりといえど、なにゆえそこまでわれらに懇切なのだ」

かえって鬼助の積極性に、疑念を持ったようだ。

「へへん、辰之進さま。この兄イはねえ、浅野家は浅野家でも、かの堀部家のお中《ちゅう》間《げん》さんで、安兵衛さまから剣術を仕込まれているんでさあ」

と、市左が自慢げに返した。鬼助はもう待ったをかけなかった。

「あの高田馬場の！」

「まあっ」

辰之進と美佳は、きょうの朝方〝浅野家〟と聞いたとき以上に驚きの声を上げた。姉弟とも江戸暮らしのなかで、高田馬場の決闘は聞いている。

「それで、他人事ならずと⁉」

「ま、そういうことで、お島さんとの縁もあり、乗りかかった船といったところでやしょうかねえ」

「ふむ、鬼助に市左と申したなあ。よろしく、よろしく頼むぞ」

辰之進はようやく、まだ手に持っていた刀を脇の壁に立てかけた。鬼助の算段がまとまるのを待つ姿勢である。といっても、その場ですぐ妙案が浮かぶわけではない。思考に念入りな準備が必要なのだ。

「ともかく私どもから次のつなぎがあるまで、動かねえでくだせえ。なあに、ここ一両日のことでさあ」

鬼助は言うと市左をうながし、岩本町の長屋をあとにした。

陽はまだ西の空に高かった。

二

「兄イ、乗った船どころか、船長《ふなおさ》になっちまったじゃねえかい」

「ふふ、仕方あるめえ。成り行きだ」

話しながら二人の足は、ふたたび神田の大通りに出た。

「辰之進さま、大丈夫でやしょうかねえ」

心配そうに市左は言った。辰之進は二人を見送るのにまた外まで出たが、刀は部屋の中に置いていた。だが鬼助たちの背が見えなくなると発作的に部屋へとって返し、刀を手に増上寺門前に駈け出しそうな雰囲気だったのだ。

「その心情、分からねえでもねえが。なあに、美佳さまがついていなさる。軽挙はさせめえよ」

「だといいんでやすがねえ」

二人は話し、途中で別れた。市左は外濠《そとぼり》の神田橋御門に向かい、鬼助は神田の大通りをそのまま日本橋方向へ向かった。

別れぎわ、

「おっと、ふところのもの、預かっておこうか」

「おう、頼んまさあ」

市左は言われるまま、ふところの匕首《あいくち》を鬼助に渡した。

神田橋御門をはじめ南町奉行所のある数寄屋橋《すきやばし》御門、北町奉行所のある呉服橋御門に四ツ谷御門や赤坂御門、小石川御門など外濠の各城門は、昼間は一見浪人と分かる者や怪しい身なり素振りの者以外は往来勝手となっている。外濠城内には大名家や高禄旗本の屋敷が広がっており、職人や商人なども自儘《じまま》に出入りできなければ、城内の各屋敷の日常が立ち行かなくなる。四ツ谷御門内の麴町《こうじまち》では、内濠《うちぼり》の半蔵御門《はんぞうごもん》まで往還に沿って町場まで形成されている。

きょうの市左のような遊び人姿で、ふところに匕首がちらついていたのでは、たちまち六尺棒が走り出てきて誰何《すいか》され、追い返されるだろう。

市左は神田橋御門から外濠城内に入り、数寄屋橋御門内の南町奉行所へ向かったのだ。

「――もう一度小谷の旦那に話し、溜飲を下げてもらおうかい」

鬼助は算段を組み立てるなかで言ったのだ。

日本橋方向へ向かった鬼助の足の先は、やはり磯幸の奈美のところだった。


表通りの料亭も脇道の一膳飯屋も、飲食の店は午《ひる》の書き入れ時を終え、夕の仕込みにかかるにもまだまだ間のある時分だ。

鬼助は裏の勝手口に遠慮気味の訪《おとな》いを入れた。芝田屋の多恵のときとは違い、浅野家とは関係のないことで、こんどはさらに前面に出て、しかも門前町の裏の長屋で一芝居打ってもらおうというのだ。

奈美はいた。いつもの奥の部屋に招じ入れるなり、鬼助の深刻な表情に、

「多恵さんに、なにか不都合なことでも？」

「いや、そうじゃねえんだ。きょうはちょいと別のことで」

鬼助の返事に安堵と不安の入り混じった顔になり、

「いかような」

首をかしげ、聞く姿勢をとった。

鬼助が話し終えると、

「それなら源三郎への探索から派生したこと。別の件とは言えますまい。しかも敵討ちとは……。美佳さまとおっしゃるお方、おいたわしく思います」

と、親身になった表情で返した。鬼助は安堵を覚えた。奈美自身が主家を失った身で、美佳と似た点がある。頼めば合力《ごうりき》してくれそうだ。鬼助は切り出した。

「なにぶん腕の立ちそうな浪人者で、安兵衛旦那にわけを話して助勢を頼もうかとも思ったのでやすがね」

さらに〝それは思いなおし〟と、鬼助がつづけるよりも早く、

「なりませぬ！　いかに仇討ち助勢とはいえ、あのお方をさような土地と関わりのあるところへお出まし願うなど」

奈美は口早に言い、

「要は小和田治郎左衛門なる敵《かたき》を、外におびき出しさえすれば、あとは討手の山辺辰之進さまと美佳さま、それにあなたとで……」

このさきはひかえた。つづければ、

（助勢されなされ）

と、強要していることになる。

だが鬼助は興奮気味に応じ、

「その、そのとおりなんでさあ、奈美さん」

ひと膝奈美ににじり寄って話した。

「分かりました。女だからできる仕事もあるということですね」

奈美は受けた。

鬼助はうなずき、

「まだどのようにと具体的な算段は決めておりやせんが、一両日中には山辺さまお二人が名乗りをお上げになることになりやしょう。念のため南町の小谷同心にもお出ましを願おうと思いやしてね、このあと会う段取をつけているんでさあ。策が決まったならまた来まさあ。そのときはよろしゅうお願《ねげ》えしやすぜ」

「はい。いつでも、なんなりと」

奈美は真剣な表情で返し、見越しの松がある裏庭まで出て見送った。勝手口をくぐろうとする鬼助に、

「ほんと鬼助さん、あなたっていう人は」

「成り行きでさあ」

感じ入ったように言う奈美へ鬼助はふり返り、軽い口調で返した。

路地に立ち、街道の雑踏に出た。すぐ目の前は騒音の日本橋だ。

歩を進めた。

（安兵衛旦那の名を出すと、ああもきっぱりとした口調になったのは、奈美さんは幸さまか和佳さまから、弥兵衛さまたちの存念を聞かされているのか）

思えてくる。鬼助は安兵衛たちから直接聞かされているわけではない。しかし、感じ取っているのだ。

（やがて奈美さんと、その話をするときが来ようかなあ）

思いながら街道に歩を進めた。

いまは山辺辰之進と美佳の仇討ち助っ人である。

陽は西の空にかなりかたむいている。そろそろ街道もきょう一日の終わりを告げる慌ただしさが始まるころだ。

京橋の茶店に入った。茶汲み女とはもう顔なじみだ。

「おう、部屋のほうへ頼むぜ」

「お一人さま、もう来ておいでです」

と、言うだけで一番奥の部屋へ通された。手前は空き部屋になっている。

すでに来て待っていたのは市左だった。

「小谷の旦那に話すと、よし分かった、すぐ行く、と」

「そうだろう。あの旦那もまた溜飲を下げられるとなりゃあ、きっと出て来なさらあ。そういう人よ、あの仁は」

言いながら腰を下ろし、奈美の合力を話し、

「さあて。あの浪人野郎に、どう話を持って行くかだ」

小谷を待つあいだにも、鬼助と市左は小和田治郎左衛門を門前町の域外におびき出す手筈を考えた。機会は一回しかない。失敗すれば治郎左衛門は逃亡し、辰之進と美佳は、それこそ一生諸国を徘徊しなければならない身となるだろう。


「町人が二人来ておろう」

と、板戸越しの廊下に小谷の声が聞こえたのは、

「そろそろ部屋の中が暗くなりますから」

と、茶汲み女が行灯《あんどん》に火を入れてからすぐだった。

板戸が開き、

「おう、待たせたな。公事《くじ》の処理にちょいと手間取っちまってなあ」

伝法《でんぽう》な口調で言いながら畳に胡坐居《あぐらい》になり、

「市から聞いたが、またおめえら、とんでもねえ話を持って来やがったなあ。なんだって？　犬山藩の侍《さむれえ》の敵討ちだって？」

声を低め、

「しかも敵は源三郎とおなじ長屋に住んでいるというじゃねえか」

「まあ、そういうことなんで」

市左が詳しく話したようだ。

小谷はさらにつづけた。

「鬼助よ。おめえ、簡単そうに言うが、俺があのなかに入《へえ》って敵討ちの見届け人になれねえことぐらい分かっているはずだぜ。俺に何をどうしろというのだ」

「承知のうえでさあ」

鬼助はさらりと返し、

「旦那には見届け人はむろんでやすが、野郎の退路を断っていただきてえ。討手に名乗りを上げられ、逃げ出さねえとも限りやせんや。なにぶんあの区域に逃げ込めば、あとは安心ということを知っていやすからねえ」

「おそらくな。したが、退路を断つにも、そのめえに小和田なにがしをあそこから外へおびき出す必要があろう。誰がどうやってやるのだ」

「ま、細工は見てのお楽しみってことにしてくだせえ。ともかくあの土地にゃあ、俺と市どんで入りまさあ。これも旦那が俺と市どんを隠れ岡っ引にした効果だと思いなすって、外で準備だけ整えて待っていてもらいてえ」

鬼助は話し、奈美の合力には、

「ほう。さすがは元浅野家のお人だ」

と、小谷は得心のうなずきを入れた。

だが、

「勘付かれれば、万事休すだぞ」

「ま、危ねえ橋を渡らなきゃ、あんな土地に潜む敵を討ち取るなんざできやせんや。そこんとこは、ちゃんと辰之進さまにも美佳さまにも話してありまさあ」

「ほぉう。俺にもその危険な橋を踏めってかい。うまく行きゃあいいがなあ」

小谷は話を聞き、鬼助の手順のよさに感心する一方、

(こやつ、鳥居坂のときもそうだったが、こたびは端《はな》からてめえの策に俺を乗せちまいやがっている)

じわりと思えてきた。

だが同時に、

いた。

（まあ、まんざらでもねえが）

と、感じるものもあった。

外はかなり暗くなり、酒なしの茶店などはとっくに軒提灯を下ろし、暖簾を下げていた。

三

翌朝、お島が鬼助たちの棲家の前にさしかかったとき、路地に面した縁側の雨戸は閉まっていた。

「あらあら、二人ともまだ寝ている」

つぶやき、姐さんかぶりで商売道具を背に通り過ぎた。

だが、二人は寝ていたのではない。とっくに起き、日の出のころにはもう出かけていたのだ。鬼助は岩本町の長屋に向かい、市左は八丁堀に走っていた。

早朝からきのうの二回につづくきょうの鬼助の来訪に、

（算段がついたか！）

辰之進と美佳は目を輝かせた。

鬼助は言った。

「辰之進さま。日傭取の仕事は、もう終わりですぜ」

「おっ、そうか」

と、そのあとすぐ三人はそろって出かけた。

市左も小谷が奉行所へ出仕するまえに、八丁堀の組屋敷に走り込んでいた。陽はすっかり高くなっていたが、午《ひる》にはまだかなり間のある時分だった。鬼助と市左、小谷健一郎と岡っ引の千太、山辺辰之進と姉の美佳、それに奈美の七人が一堂にそろった。磯幸の座敷である。

昨夜、京橋からの帰り鬼助と市左が、小谷との談合の首尾を話すため遅いのを承知で磯幸に立ち寄り、同席した女将も七年越しの敵討ちにいたく感動し、

「――さようなことなれば、是非とも此処《ここ》をお使いくださいまし」

言ったのだった。

午前中の料亭は暇だ。座敷も空いている。女将は挨拶にだけ顔を出し、すぐ退散した。挨拶だけではなかった。退散と同時に、仲居が人数分のお茶と茶菓子の膳を運んで来た。

「人の情け、身に沁みまする」

その上質のお茶に、美佳は涙ぐんだ。

敵討ちはあしたというのに、辰之進はもう興奮を抑えきれないといった態《てい》だった。無理もない。江戸中をくまなく找しても見つからなかった敵が、さほど遠くないところに潜んでいたのだ。

その涙と興奮のなかに、談合は進んだ。敵を前にこれだけの段階を踏まねばならないのは、

「なにぶん、門前町の特殊な環境の故《ゆえ》でござる。お二方《ふたかた》ともそこをよう料簡されよ」

小谷は言った。

まさしくそのとおりであり、このことからも小和田治郎左衛門の身の隠し方は巧みであったといえよう。同時に、ひとたび見つければ治郎左衛門の巧みさと用心深さがかえって好都合となる。五年間、一歩も増上寺門前町の域内から出たことがないということは、きょう行ってもあす行っても、確実にそこにいるということである。たとえあの長屋の部屋にいなくても、その域内のいずれかにいるだろう。ただ気がかりなのは、治郎左衛門がどれだけの使い手であるかということだった。もちろん辰之進も美佳もそれなりの心得はあろうが、まだ若い。鬼助は安兵衛の薫陶を受けているとはいえ、源三郎のときとは違い、真剣で武士と渡り合うなど初めてのことだ。小谷がつ

いていても、町方の仕事は敵討ちに邪魔が入らぬようにするだけである。返り討ちに遭えば、

（それも仕方がないこと）

なのだ。


談合を終えたあと、勝手口まで見送った女将が表通りまで出ようとするのを、

「いや女将、ありがたいが、なにごとも用心が肝要ゆえ」

と、小谷が押しとどめ、脇道の奥でそれぞれが右に左にと別れた。

辰之進と美佳には鬼助がつき、街道の金杉橋のほうへ向かった。

三人の足は、増上寺の大門の大通りが街道に交差している広い四ツ辻に差しかかった。この近辺の街道は増上寺への参詣人もあり、ひときわ人通りが増える。

そのなかに歩を進めた。街道筋は門前町の域外だが、辰之進と美佳は用心ぶかく大門の大通りのほうへ目を凝らしながら歩を進めた。

以前ならその人混みのなかに敵の治郎左衛門の姿を求めて歩を取り、幾度かそのなかに入り、増上寺に本懐を祈願したこともある。

もしそのとき、辰之進が治郎左衛門の姿を見つけ、その場で抜刀し名乗りを上げて

いたなら、その日のうちに死体となって新堀川を江戸湾に下っていたことであろう。

四ツ辻を過ぎ、まだ人混みのつづくなかに、

「鬼助どの、感謝の申しようもない」

「わたくしも」

と、あらためて辰之進と美佳は感謝の気持ちを舌頭《ぜっとう》に乗せ、背筋にゾッとするものを走らせた。

さきほど二人が大門の大通りに目を配っていたのは、逆に治郎左衛門から自分たちが見つけられていないか、その注意のためだった。

三人の足は、新堀川に架かる金杉橋に入った。

増上寺の大門から寺の長い白壁に沿って南方向へ広い往還がながれている。街道へ向かう大通りと異なり、極度に人影は減る。寺域と町場の境となる往還だ。その往還を五丁（およそ五百五十米）も進めば寺の白壁は途絶える。新堀川だ。そこに欄干のある橋が架かっており、将監橋《しょうげんばし》といった。金杉橋の上流二丁（およそ二百米）ほどの地点にあり、桶八や治郎左衛門らが塒《ねぐら》をおく長屋は、川の北岸で将監橋のすぐ近くということになる。

金杉橋を渡った三人は、

「この道をめえりやしょう」

と、鬼助の案内で新堀川の南岸の往還に入った。

対岸はすなわち門前町で、南岸は樹々の茂った夜な夜な夜鷹が春をひさぐ土手道ではなく、広くて普請もゆきとどき、人の往来も少ない閑静な道となっている。

それもそのはずで、街道沿いの町場をすこし入ればすぐ白壁の往還となり、大名家や高禄旗本が屋敷を構える武家地となっているのだ。

その武家地の南岸から明日にそなえ、川越しに対岸の町のようすを感じ取りながら将監橋まで行こうというのだ。美佳はもちろん辰之進も大門の大通りは幾度か歩いたが、その門前町の複雑な町なかに足を踏み入れたことはない。

閑静な南岸から対岸を見ながら、

「うーむ。あのような土地《ところ》にいたとは」

「知らせてくれたのが、鬼助さんたちでようございました」

うめき声を吐いた辰之進に美佳はつづけた。

辰之進は袴を着けているが折り目はなく、頭も百日髷でいかにも浪人に見える。美佳も帯はきちりと締めているが、髷には簪《かんざし》も櫛《くし》もない。ただ、胸の袷《あわせ》には懐剣を忍ばせている。それらの案内に立つ鬼助は着物を尻端折に腰には脇差を帯びている。白壁のながれる閑静な武家地の往還より、対岸の土手道のほうが似合いそうな三人のいで立ちだ。

「むむむっ」

対岸を睨み、辰之進はまたうめき声を上げた。

三人の足は将監橋のたもとを踏み、立ちどまった。

「辰之進さま、渡っちゃいけやせんぜ」

「そうです、辰之進。すべては明日です」

鬼助が言ったのへ美佳がつないだ。辰之進は刀の柄《つか》に手をかけ、

「うーむ」

と、いまにも将監橋を走り渡りたい衝動を懸命に堪《こら》えているようすだ。

「さあ」

鬼助は二人をうながした。

念のため、将監橋南手の武家地の地形も頭に入れておく必要がある。

将監橋の南岸のたもとはいくらか広場になり、美濃《みの》大垣《おおがき》藩十万石と播州《ばんしゅう》三草《みくさ》藩一万石の中屋敷の白壁がながれており、増上寺からの往還は将監橋を渡ると広場を経てそのまま南方向へ大垣藩と三草藩の屋敷のあいだにつづいている。

三人の足は、その往還に入った。大垣藩の白壁が将監橋と向かい合った角に、藩邸が出している辻番所があり、常時五、六人の足軽が六尺棒を手に詰めている。

不思議な巡り合わせと言えようか、大垣藩は辰之進と美佳の国元である犬山藩の東どなりで、三草藩は播州で浅野家赤穂藩の近くである。

「ここが」

と、辰之進と美佳は懐かしいものでも見るように、大垣藩中屋敷の正面門を見上げた。大垣藩の中屋敷が将監橋の南詰にあることは、きのう磯幸で小谷が話し、辰之進も美佳も初めて知ったのだ。辻番所の番人たちが六尺棒を手に、女も混じった三人連れを胡散臭《うさんくさ》そうに見つめていた。

辰之進と美佳が岩本町の長屋に戻ったのは、その日の太陽が西の空にかなりかたむいたころとなっていた。鬼助も二人を送るように長屋までついて行った。美佳も内心そうであろうが、辰之進の興奮がまだつづいているように見えたのだ。

長屋の住人たちは当然、武家のこの姉弟が日々敵討ちの途上であることを知っている。帰りに鬼助は大家の家に寄って事情を話し、辰之進が今夜にも飛び出すことがないよう気をつけてくれるように頼んだ。

「いよいよ、いよいよかね！」

と、大家も興奮気味に言ったのがかえって心配だったが、ともかく今宵一日、大家は辰之進が衝動に駆られないよう、気をつけることであろう。

四

翌朝、鬼助と市左が棲家を出たのは、

「きのうはずいぶん朝寝坊だったじゃないの。山辺さまのこと、気にかけておいてくれよねえ、大きなほくろが目印だから」

と、お島が縁側から声を入れ、商いに出てすぐのことだった。

「おう」

と、二人は返しただけで、それがきょうであることは伏せた。行商人の口を経て事前にうわさになってはまずいのだ。

鬼助と市左が向かったのは磯幸だった。紺看板に梵天帯をきりりと締め、腰の背に木刀ならず脇差を差している。中間姿の腰にあっては、脇差に似せた木刀に見える。市左は単《ひとえ》の着物で腕まくりをし、裾をちょいとつまんでふところには匕首の鞘をちらりとのぞかせ、いかにも遊び人に見える。

磯幸への出入りは勝手口からである。だが、通されたのはきのうとおなじ朝の時間帯でもあり、おもてに近い御座敷だった。

山辺辰之進と美佳はすでに来ていた。これまでいかに窮《きゅう》しようと手放さなかったのだろう。いずれも白装束ではないが、辰之進は筋目のとおった袴を着け、美佳の着物にもくたびれた感じはない。

それだけではない。髪結《かみゆい》が来ていた。女将のはからいである。

「——明日の出陣、是非この磯幸から願わしゅう存じまする」

女将はきのう、辰之進と美佳に言ったのだ。

「おぉ、辰之進さま、美佳さま」

となりの部屋から出てきた二人に、鬼助と市左は目を瞠《みは》った。辰之進は月代《さかやき》を剃り髷は大銀杏《おおいちょう》にまとめ、美佳も飾りこそないもののきちりと島田に結い上げ、いかにも清楚な武家の女に見える。

陽は東の空で、中天にかかるにはまだ早い。

「それじゃ、あっしはちょっくらおさきに」

市左が着物の裾をちょいとつまみ、部屋を出た。

それからだった。女将も加わり一同が部屋で時を待っているところへ、裏の勝手口に千太が飛び込んで来た。きょうの磯幸の勝手口は、早朝から板戸を開けたままにしている。

千太はおそらく京橋あたりで市左と出会い、首尾を手短に話しただろう。市左は勇んで足を速めたはずだ。

座敷に通されるなり千太は、

「小谷の旦那のほうは上々でさあ。心おきのうかかりなされと、そう言ってこいと」

「おーっ」

部屋に感嘆の声が洩れた。

「なれど辰之進、油断はなりませぬぞ」

美佳が辰之進に、戒《いまし》めとも勇気づけとも取れる声をかぶせた。

「うむ」

辰之進は口を一文字に結んだ。

きょう早朝である。南町奉行所から小谷健一郎は捕方十名ほどを引き連れ、大垣藩の中屋敷に訪《おとな》いを入れていた。町方が手順を踏まず、しかも捕方をともない直接大名屋敷の門を叩くなどおよそありえないことだ。あっても門前払いは目に見えている。だが門は開けられ、捕方まで門内に招じ入れられた。小谷の言葉が、屋敷の奥にまで伝えられたのだ。

屋内で小谷は玄関を入ってすぐの客ノ間に迎えられ、中屋敷の用人が出てきて、

「ほう、ほうほう。わが隣藩の犬山藩の藩士が敵討ちとな！」

と、興奮気味に応対した。

大垣藩の用人は、川向こうが寺社奉行の管掌であれば、その町の仕組もようすも熟知している。

「で、問題は起きぬか」

「そのための策は講じております」

「ほう」

用人は返したものの、

「もしもじゃ、川向こうから無頼どもが出て来て、橋の上で乱戦などになったらいかがいたす。微妙な場所ぞ」

「あはは。そのときは敵《かたき》の首級《しゆきゆう》だけ確保し、無頼どもの死体は橋板から向こうの土の上へ蹴りころがしましょうか」

「ほう。それであとは知らぬ顔の半兵衛と……。ふふふ、おぬしらが向こうの土さえ踏まねば、寺社奉行も口出しはできぬということか」

「いかにも。そやつらの死体は店頭《たながしら》どもが、そっと始末してくれましょう」

「ふむ。それでよかろう」

と、大垣藩の用人は、隣藩の藩士の敵討ちとあっては、上屋敷に伺いを立てるまでもなく便宜の供応を約束してくれたのだ。

それを持って千太は、室町の磯幸に走ったのだった。


磯幸の座敷に感嘆の声が上がり、それらを踏まえ、美佳が辰之進に戒めとも励ましともつかぬ言葉をかけたのである。

「よし、次は奈美さん。俺たちですぜ」

「はい」

と、中間姿の鬼助と、奈美が腰を上げた。奈美は薄青色の矢羽模様の着物に藍色の帯をきりりと締め、胸の袷に懐剣を包んだ袱紗《ふくさ》をのぞかせ、どこから見ても武家の腰元の姿だった。これで街道を歩けば、いずれ武家屋敷の奥女中とお供の中間に見える。ついこの前まで、本物の腰元と中間だったのだ。

座敷には辰之進と美佳、それに女将と千太が残った。

女将に言われていたのだろう、すぐに仲居が〝打ち、勝ち、喜ぶ〟の打鮑《うちあわび》と勝栗《かちぐり》と昆布をならべた膳を運んで来た。

「恙《つつが》のう、ご本懐の達成を祈っておりまする」

女将の口上に合わせ、二人はそれらをかたちばかりに口に運び、立ち上がった。出たのは裏の勝手口ではなく、表玄関からだった。辰之進と美佳は女将にふかぶかと頭を下げた。

「さあさあ。お武家のお方がそのようなことをなさっては、おかしゅうございます」

女将は二人を見送った。二人には千太と店の男衆《おとこし》二人が随った。

それらの足は日本橋の騒音を抜け、さきに行った鬼助と奈美を追うでもなく、ゆっくりと進んだ。


増上寺本門前町の長屋である。腰高障子が閉まっている。となりの腰高障子も閉まったままで、〝よろづ口入れうけたまわり〟と書かれた金釘流の下手な文字が色あせて見える。さきに磯幸を出た遊び人風体《ふうてい》の市左が立ったのは、和久田治郎太こと小和田治郎左衛門の部屋の前である。

「ごほん」

市左は咳払いをし、

「えー、和久田の旦那へ。以前参《めえ》りやした、源三郎の仲間の者でございます」

声をかけ、腰高障子を引き開けた。

いた。また女と一緒だった。このまえとは違う女のようだ。汗と安物の白粉《おしろい》のにおいに、思わず市左は鼻をそむけた。

「おおう、なんでえ。またおめえか。源三郎ならまだ帰《けえ》っていねえようだぜ」

治郎太こと治郎左衛門は脇の女を押しのけた。さっきから寝ているのにも倦《う》み、かといって起きるのも面倒といった口調と所作だった。

「そいつはおかしい」

「なにがだ」

次郎太こと治郎左衛門は、横になったまま顔だけ土間のほうへ向けた。女は治郎左衛門の向こう側に、気だるそうに寝ころがっている。

「きのうでやすが、近くの街道筋で源三郎を見かけたってやつがいやしてね。直接会って、是非とも耳に入れておきてえことがありやして」

「きのう会った？　ここにゃまだ帰《けえ》っていねえが。なんなんでえ、その是非とも耳に入れておきてえことってのは」

治郎太こと治郎左衛門は言いながら、気だるそうに上体を起こし、裸身の女の腰に手を置き、身を支えた。腫れぼったい顔に細い目が、いかにも眠そうだ。

「もおぅ」

声を上げた女も気だるそうだ。

「その、へえ、女が、狙っておりやして。命をでさあ」

「なに？　源三郎を、か」

一瞬、細い目が光ったが、すぐ、

「あははは。やつならあっちこっちで女の恨みを買っておろうよ。命を狙われてもおかしくねえ。まえにもここの路地で、そういうことがあったなあ。放っておけ」

言うと治郎太こと治郎左衛門はまたごろりと横になり、入れ代わるようにこんどは女が身を起こし、乱れた鬢を手で撫でながら、

「殺したい男なら、あたしにもいますよう、この旦那みたいに」

治郎太こと治郎左衛門の腹を平手でぴしゃりと叩いた。

「おっ。なんだ、おまえは」

「あれー」

治郎太は女の腕を取って引き寄せ、女はその胸の上に覆いかぶさった。

「こ、これはどうも。ともかくコトがコトだけに、また来まさあ」

市左はその光景を見ながら土間を下がり、外から腰高障子を閉めた。

（ふふ、お天道《てんとう》さんも高《たけ》えってのに。それもきょうが最後だぜ）

市左は心中につぶやき、その場を離れた。

これを舞台とするなら、第一幕が終わったところになろうか。

五

第二幕は、すでに始まっていた。

陽が中天の域に入ろうかという時分だ。鬼助と奈美は金杉橋を過ぎると、川端の往還に入った。きのう遊び人姿で辰之進と美佳を案内した、新堀川南岸の往還である。川に沿ってつづく白壁に、腰元と中間の姿は似合う。

「この川の向こうでさあ。得体の知れねえやつらが、うようよ棲《す》んでいやがる」

「増上寺のご門前とは、大門の大通りだけではなかったのですね」

「そういうことでさあ」

「鬼助さんは詳しいのですか」

「滅相もねえ。安兵衛旦那についてちょいと足を入れたときも、そう奥までは踏みやせんでしたぜ、ほんとうに」

念を押すように言い、

「きょうは、その裏手から入るのですね」

などと話しているところへ、

「へへ、兄イ」

白壁の角から、単《ひとえ》の裾をちょいとつまんだ市左が出てきた。

「おう、首尾は」

「上々でさあ。小谷の旦那も、すでに詰めておいでで。ですが、奈美さん」

と、市左が和久田治郎太こと小和田治郎左衛門の部屋のようすを話したときは、

「まあ」

奈美は声を上げた。

これから芝居を打つのに、対手のようすを事前に知っておくのは必要なことだ。

「うまくやってくれたようだなあ。このあとすぐ主役が来なさる。さあ奈美さん、行きますぞ」

「はい」

鬼助は奈美をうながした。

将監橋はすぐ目の前だ。

大垣藩の辻番所を横目に、橋を渡った。片側が増上寺の白壁とあっては、急な違和感は覚えないが、他方に視線をやればいかにも家並みが雑多に見える。

「行きやすぜ」

ふたたび鬼助は奈美に声をかけ、その雑多な町場に入った。

奈美は落ち着かないようすで目を右に左にながしている。道端で立ち話をしている人足風の男も、路地に座り込んで洗い物をしている女も、二人を胡散臭《うさんくさ》そうに見る。身なりのきちりとととのった腰元と中間では、いかにも場違いの感がある。

桶八老人の長屋の前を通った。路地の外からでは部屋の腰高障子しか見えない。

次の角を曲がれば、和久田治郎太こと小和田治郎左衛門の長屋である。

奈美はもう、もの珍しそうな目つきではなくなっている。この短い道順のなかに、市左の語った長屋のようすを理解したようだ。

「このなかでさあ」

「はい」

と、奈美は躊躇《ちゅうちょ》なく鬼助のあとにつづき、路地に歩を踏んだ。

腰高障子の前に立った。

鬼助が無言でとなりの部屋を顎で示した。

奈美は視線を投げ、うなずいた。〝よろづ口入れ……〟の文字が見える。

市左が、源三郎がまだ生きていて、その命が狙われているとの抜き差しならぬようすを伝えている。その直後では早すぎるかもしれないが、あとは鬼助と奈美の演技しだいだ。

「えー、卒爾《そつじ》ながら。こちら、和久田治郎太さまのお住まいと存じやすが、おいでございやしょうか」

伝法ながら鄭重な口調を腰高障子の中に入れた。

「おぉう、聞きなれねえ声だが、どちらさんで」

それに見合う口調が返ってきた。

鬼助と奈美は顔を見合わせ、うなずきを交わした。

「川向こうのお屋敷より参りました。こちらの長屋の源三郎なる町人を預かっております。それが瀕死の重傷にて、苦しそうな口調で申すには、こちらの和久田さまに是非連絡を取って欲しい、と」

「なんだって！　待ってくださりましょう。すぐ支度を」

突然の女性《にょしょう》の、しかも格式ある口調に驚いたか、跳ね起きたのか立ち上がったのか、うろたえた動きが腰高障子を通して伝わってきた。

「コトは急いでおりやす。なにぶん刺し傷が深く、さぁ」

ふたたび鬼助が言いながら、腰高障子を引き開けた。

「きゃあ」

市左がさきに見た女か、また別の女かは分からない。その女は裸身を、赤い長襦袢をはおり立ち上がった治郎太の背後へ隠し、それを治郎太は足でうしろへ蹴った。

「あぁぁ」

女がまた声を上げた。先刻承知とはいえ、奈美には部屋からただよってくる汗と安化粧のにおいとともに、嫌悪を覚える光景である。

「これはっ」

声を上げたのは、奈美より中の治郎太のほうだった。太陽のもとに、さきほどのもの言いにふさわしい、武家屋敷の腰元と中間の姿がくっきりと浮かんでいるのだ。

「ま、待ってくれぬか。いかにも和久田じゃ。いま支度を」

言う治郎太におかまいなく鬼助は敷居を越え、土間に入った。この時点ではまだ小和田治郎左衛門ではなく、和久田治郎太である。治郎太はとっさに討手の山辺辰之進と美佳を脳裡に浮かべたのかもしれない。だが眼前に浮かんだのは腰元と中間だった。治郎太の表情に、安堵の色が見えた。

さすがに奈美は鬼助につづくのをためらい、外に立ったままである。治郎太は畳の上に、女物の長襦袢で突っ立ったまま応じざるを得ない状況となっている。

鬼助はつづけた。

「きょう午前《ひるまえ》、さきほどだった。わが屋敷の前で町人が女に刺され、中間部屋に担ぎ込まれた。女も町場の者で、女中部屋に捕えておる」

「ゆえにお中間と腰元のわたくしが、屋敷の遣《つか》いとして来たのです」

奈美がつなぎ、さらに鬼助は言った。

「刺された男は本門前町の口入屋源三郎と名乗り、この長屋の場所を話し、和久田治郎太なる浪人に伝えておきたいことがあるゆえ、連絡を取ってくれ、と。わが屋敷の用人さまは、町人の男と女の諍《いさか》いゆえ、女の身柄は町方に引き渡す所存だが、男については屋敷の慈悲として願いを聞き容れ、そなたさまへ連絡を取ったしだいでやす」

「ふむ」

治郎太は得心した。なるほど家臣が出張《でば》るほどのことではない。だから用人は、腰元と中間を寄こした。武家の作法として理に適っている。それにきょう朝方ここへ、源三郎の仲間らしい者が来て言っていたこととも辻褄《つじつま》が合う。

二重の得心のなかに、治郎太は話に興味を示した
「で、わしに教えたきこととは？」

「分からぬ。源三郎なる者は、それだけ言うと、あとは金《かね》、金、と。それで意識を失い、出血はなはだ多く、このあと話ができるかどうか。さ、早く用意されよ」

「うむ、相分かった。しばらく外で待て。身支度をととのえるゆえ」

治郎太は、源三郎が貯め込んだ金の在り処《あか》を教えようとしていると思ったか、赤い長襦袢を着替えようとした身をハッとしてとめた。腰高障子がまだ開いており、そこから若い腰元が中を見ているではないか。

「早うしてくだされ、和久田さま。預かっております女は、乱心状態にて手がつけられず、女中部屋はいまも難渋しておりますゆえ」

奈美は憮然としたようすで声を部屋に投げ入れた。

「わ、分かりもうした」

治郎太は鬼助に、下がって戸を閉めろとの仕草を示した。

鬼助は応じた。うしろ向きのまま敷居をまたいで外から腰高障子を閉め、奈美とま

た顔を見合わせ、にやりと笑った。だが奈美は無言のまま、嫌悪の色を刷《は》いた表情で腰高障子に視線を移した。鬼助はいくらかバツの悪さを感じ、

(待ちやしょう。首尾は上々じゃござんせんかい)

目で語った。奈美はうなずいた。

部屋の中で、

「治郎太さまぁ。源三郎さんさあ、ずいぶん貯め込んでいるってうわさですよう」

「うむ」

女が言い治郎太の応じたのが、急ぐような衣擦《きぬず》れの音にまじって聞こえた。まさに首尾は上々である。

腰高障子が開いた。

「待たせたなあ」

と、肩幅のがっしりした和久田治郎太は、赤い長襦袢などではなく、長年のふしだらな生活のゆえか細い目と口元に締まりないのは隠し難いが、百日髷に筋目のない袴をきちりと着け、腕の立ちそうな浪人に見える。

(大丈夫か)

ふと鬼助の脳裡に不安がよぎった。若侍の辰之進より、相当強そうに見える。

(なあに、そのために俺が本物の脇差を差して来ているのだ)

思いなおし、

「さあ、旦那」

「案内致しまする。お急ぎを」

鬼助が手でうながして治郎太の背後につき、奈美が急かすように先頭に立った。この配置も打合せどおりだが、奈美がことさら急ぐ仕草を見せたのは、いよいよ仕上げの段との気負いに加え、早くこの場から立ち去りたいとの思いもあったろう。さきほどの裸身の女が着物を身につけ、腰高障子のすき間から顔をのぞかせていた。

その腰高障子の前で治郎太が、

「まだ聞いておらなんだが、おまえたちいずれの屋敷の者だ」

「来れば分かります。すぐ橋向こうです」

奈美はふり向きもせず応えた。

「ふむ」

と、治郎太は大垣藩か三草藩の中屋敷と解釈したようだ。

用心棒の長屋に場違いな腰元と中間が来たと、もう店頭《たながしら》に知らせが行ったか物見《ものみ》のように路地の出入り口のところへ、胡散臭そうな男が二、三人たむろしていた。

「旦那、どちらへ」

「ちと橋向こうにな。なあに、すぐ戻る。案ずるな」

男の一人が声をかけたのへ和久田治郎太は返し、悠然と歩を進めた。

男たちはぞろぞろとあとに尾いてきた。

鬼助にはそれが気になった。

奈美の足は将監橋に入り、和久田治郎太に鬼助とつづいた。

六

物見の若い衆は分をわきまえているのか、橋の手前で歩をとめた。

橋板を踏む三人の草履と雪駄の足音が、川の水音に重なっている。奈美もそうであろう、鬼助はすぐ前を行く和久田治郎太こと小和田治郎左衛門がはたと気づいて足をとめないか、気が気でない。向こう側の土を一歩でも踏めば、そこはもう背後で見ている店頭とその配下たちの域外なのだ。ともかく橋の上は大垣藩の用人が懸念したように、どちらに属するか微妙なところなのだ。

奈美の草履が向こう岸の土を踏んだ。確実に域外である。その肩に、ホッとしたものが走ったようだ。

が、そのときだった。

敵《かたき》のあと数歩が待ち切れなかったか、向かいの大垣藩の辻番所から、

「父の敵、小和田治郎左衛門、見つけたり！」

「あぁあ！　まだ、なりませぬっ」

飛び出した辰之進と、とめようと動く美佳の姿が目に入った。姉弟とも白だすきに白鉢巻の姿だ。辰之進はすでに抜刀している。

千太に案内された辰之進と美佳は大垣藩の中屋敷に入るとすぐ将監橋に面した辻番所へ案内され、そこで身支度をととのえ鬼助と奈美の首尾を待っていたのだ。

二人の背後から、

「あっ、お待ちを！」

六尺棒の辻番人たちが飛び出てきた。

「むむっ」

もはや和久田治郎太ではない、小和田治郎左衛門は驚愕とともに足をとめた。まだ

橋板の上である。

「謀《はか》ったか！」

事態を察した。

奈美は驚き、辰之進に道を開けるべく横に跳んだ。

辻番所の番人たちはいずれも大垣藩の足軽であり、場所柄、寺社地との関係は心得ている。

「待たれよ！」
五、六人が六尺棒を手に辰之進と美佳を追った。
鬼助はきびすを返そうとした治郎左衛門の腰へとっさに組みつき、あと二、三歩の広場の土に向かって、

（まずいっ）

「えいーっ」

押した。

「おぉうっ、こやつ！」

治郎左衛門は鬼助を振り放そうとしながら足をもつれさせ、前のめりに数歩よろめいた。踏んだ。橋を出た土の上だ。

「くそーっ」

治郎左衛門は抜刀した。

「あぁぁぁ」

奈美が声を上げ、すばやく胸の懐剣を取り出した。が、袱紗の中だ、即座には抜けない。

鬼助は再度治郎左衛門の身を広場のほうへ押すなり、組みついていた手を離して身を地に回転させ、刀の切っ先をかわした。

「むむっ」

治郎左衛門は刀を振り上げ、回転からまだ起き上がっていない鬼助に踏み込もうとした。そのときだ。

「治郎左衛門！　尋常に勝負！」

走り来たった辰之進が刀を大上段に斬りかかった。

治郎左衛門は向きを変えた。

――キーン
金属音が響いた。

治郎左衛門の刀が辰之進の刃《やいば》をはね返したのだ。鬼助は命拾いをした。

「うむむっ」

辰之進は一歩下がって正眼《せいがん》に構え、治郎左衛門と対峙《たいじ》するかたちになった。情況は若い辰之進より、喧嘩剣法で場数を踏んでいる治郎左衛門のほうが優勢だ。次に治郎左衛門が刀を一閃させれば、辰之進の身は血を噴くことになろうか。

「旦那あーっ」

門前町の若い衆が橋の上を走った。数が増えている。だが、橋板の上に踏みとどまった。

さわぎと同時に大垣藩の屋敷から、これまた六尺棒を手にした奉行所の捕方が待っていたように走り出てくるなり橋のたもとを固め、六尺棒を橋上の若い衆に向けた。若い衆はますます一歩も踏み出せなくなった。捕方は打ち込み装束で、差配は同心の小谷健一郎だった。着ながしに黒羽織ではない。手甲脚絆《てっこうきゃはん》に鉄線入りの鉢巻、白たすきをかけ、脇差ほどの長さがある戦闘用の長尺十手《ながしゃくじって》を手にしている。

「おぉぉぉ、これは！」

与太どもから声が上がる。声は、桶八や治郎左衛門の長屋の一帯を縄張にしている店頭のようだ。

小谷が大音声《だいおんじょう》を橋上の若い衆に浴びせた。

「橋より一歩でも踏み出さば、徒党を組み武装をして江戸市中を走った咎《とが》により召し取る。抵抗する者は斬り捨てるぞ！」

理屈は成り立つ。橋の上で、脇差を帯びた若い衆の数はさらに増え、すでに徒党を組んでいる。それら若い衆にとって、町方から堂々と六尺棒や十手を向けられるのは初めてのことであり、そこに戸惑いが見られる。

状況はそれだけではない。屋敷からは多数の大垣藩士が出てきて、抜刀こそしていないものの川端の往還から白壁に沿った道と、すべてを塞いでいる。そのなかでの対峙となっているのだ。

鬼助はすでに起き上がり、脇差を抜き放ち横合いから治郎左衛門に向けている。治郎左衛門の正面はもちろん辰之進であり、その横に懐剣を逆手に美佳がならんでいる。その美佳を護るように、

「及ばずながら、助勢いたしまする！」

と、奈美が懐剣を手に腰を落とした。奈美の刃物を取っての助太刀は算段にはなかったことだ。長屋で覚えた嫌悪が、そうさせているのだろう。それにしても、

（奈美さん！）

鬼助は驚嘆した。市左と千太は、大垣藩士たちの背後で身構えている。

「うーむむむっ」

橋上の若い衆はもはや力にはなり得ない。小和田治郎左衛門は辰之進と切っ先が触れ合わんばかりに対峙し、逃げ場をすべて塞がれたことを覚《さと》った。乱れた生活《たつき》を送ってきても武士である。多数の目の見守るなかに見苦しい命乞いなどできない。

「山辺の小せがれと娘だな」

「いかにも」

「返り討ちにしてくれん」

踏み込んだ。辰之進は退き、美佳と奈美もそれにつづいた。治郎左衛門からは決死の覚悟が看て取れる。

（いかん。いかんぞ、これは）

横合いに脇差を構え、鬼助には全体像が見える。勝つ方途は一つしかない。一人が斬りかかる。討ち果たされよう。だが、瞬時にもう一人が飛び込めば刺すことはできよう。あとは残った者が手負いの治郎左衛門に斬りかかる。

（誰が最初に飛び込む）

鬼助の決断は早かった。

思うと同時だった。

「助太刀ーっ」

鬼助は上段から脇差を振り下ろしざま地を蹴った。横合いからだ。土ぼこりが上がる。治郎左衛門にとっては不意打ちである。

「むむっ」

腰の向きを変えたときには、脇差の切っ先が眼前に迫っていた。ふたたび、

――キーン
治郎左衛門は鬼助の脇差の切っ先をはねのけた。

瞬時、正面は無防備となった。

辰之進は逃さなかった。

「父の敵いーっ」

踏み込みざま大上段から刀を振り下ろした。

「うおーっ」

治郎左衛門は悲鳴に近い声を上げ、横に向けた腰を再度前に向けなければならなかった。

「うぐっ」

身をねじった状態で肩に一太刀受けた。骨を砕く鈍い音とともに、

「ううううっ」

血を噴き、よろめいたところへ、

「お覚悟ーっ」

美佳が懐剣を逆手《さかて》に飛び込み胸元に打ち下ろした。

「うぐぐぐっ」

治郎左衛門は刀をだらりと下げたまま胸元に血潮を噴き、

——カシャッ

刀を地に落とした。

切っ先をはね返された鬼助はすでに一歩跳び下がっている。

「たーっ」

ふたたび至近距離から辰之進は刀を打ち下ろした。そり返った治郎左衛門はすぐに前かがみになり、ふらつく足でかろうじて身を支え、

「お、おまえたちの親父、融通の利かぬ、堅物すぎた。だ、だから、斬った」

腹から声を絞り出した。

「理不尽な！」

美佳の悲痛な声が聞こえたかどうか、治郎左衛門の身はばさりと地に崩れ落ちた。

「討ち取ったりーっ」

辰之進の声が広場に響いた。

「おーっ」

往還の逃げ道を塞いだ大垣藩士たちからも、橋のたもとを固めた捕方たちからも感嘆の声が上がった。

橋はざわめいた。並の敵討ちではない。本門前町の店頭《たながしら》とその配下の若い衆は、域外とはいえ雇っていた用心棒の浪人が目の前で殺されるのを、黙ってただ見守る以外なかった。域内での面目はつぶれ、他の同業からは縄張を侵《おか》され、この町から放逐されるかもしれない。そのあたりの機微《きび》を、小谷は解した。

ふたたび小谷同心は橋に向かって大声を上げた。

「これは敵討ちである。犬山藩の者が小和田治郎左衛門なる元犬山藩士を、見事討ち取った。おまえたちの町場には一切関係なきこと。町奉行所への届けも、敵は無宿の脱藩浪人小和田治郎左衛門とある」

あるのではなく、これから小谷がそう作成するのだ。

言葉はつづいた。

「もし、小和田治郎左衛門なる人物がおまえたちの土地に住まいせず、行《ゆ》き方《かた》知れずの者がいて不審とあらば、さように寺社奉行へ届け出るがよいぞっ」

「おーっ」

橋の上に共感のどよめきが起こった。自分たちの雇っていたのはあくまで和久田治郎太であり、小和田治郎衛門など知らない。

店頭と思《おぼ》しき男が顎《あご》をしゃくると、詰めかけていた若い衆は一斉にきびすを返した。よく統制がとれている。

その引き揚げるさまを目に、鬼助と奈美はいまさらながらに身をぶるっと震わせた。

七

翌朝、陽が昇ってからだった。急ぐ仕事ではない。鬼助と市左は大八車を牽いていた。行商に出るお島がちょいと立ち寄り、

「――話を持って来たのはあたしだからね。いくらか割前《わりまえ》は出してよねえ」

「――あゝ、いいともよ」

言ったのへ市左は機嫌よく応えていた。

岩本町に向かっている。二人とも職人姿で、脇差も木刀も帯びていない。

きのうのうちに大垣藩の家士が、外濠四ツ谷御門内にある犬山藩上屋敷に走り、すぐさま迎えの犬山藩士や腰元たちが、着替えの着物や羽織・袴まで用意し、大垣藩の中屋敷に急いだものだった。賞賛のなかに辰之進と美佳は藩邸に迎えられ、きょうは晴れ晴れとした気分で朝を迎えたことであろう。

きのう大垣藩の中屋敷で辰之進は、

「――よくぞ、横合いから斬り込んでくだされた」

と、鬼助にふかぶかと頭を下げていた。治郎左衛門を一太刀で討てた要因を、辰之進は分かっているのだ。

美佳も奈美に、

「――あなたさまが横に立ってくださっていなかったなら、わたくしは足が震え踏み込むことができなかったでしょう」

と、心の底からの思いを語った。

いま鬼助と市左は、その二人が岩本町の長屋に残した家財を引き取りに出ているのだ。それも見倒す手間はいらない。タダですべてをもらい受け、

「――よろしく頼む」

と、礼まで言われている。蒲団に古着に鍋、釜、包丁、まな板、茶碗にいたるまで、

大八車でなければ持ち出せないだろう。

牢屋敷の横を通りかかった。

「ま、タダ働きにならず、よござんしたぜ。それにしても、兄イが浪人の腰に組みついて橋から押し出したのは鮮やかでしたぜ。辰之進さまが辻番所から飛び出したときにゃ、美佳さまじゃねえが、あっしもあぁって思いやしたからねえ」

「あゝするしかなかったのよ」

通りには見倒屋の大八車以外に人影はない。

「それにしても、真剣であやつに斬りかかったときにゃ、もう心ノ臓が止まるかと思いやしたぜ」

「あはは、横合いからだ。はね返されても斬られる心配はねえとの自信はあったさ。辰之進さまか美佳さまが、即座に踏み込んでくれると思ったからよ」

「それにしてもよお」

話しているうちに、大八車の音は牢屋敷の脇を抜けた。

岩本町では長屋の住人だけでなく近辺の者まで集まってきて、

「そうさ、辰之進さまと美佳さまは、見事に敵と向かい合われましてなあ」

と、途中のながれは伏せ、辰之進が二度も斬りつけ、美佳が懐剣を突き立てた場面を幾度も話し、長屋の住人にも手伝ってもらって荷を大八車に満載し、帰途についたのはすっかり午《ひる》を過ぎた時分となっていた。

　帰りも牢屋敷に沿った道を通った。

「へへん。あの浪人のいた長屋よ。源三郎もそうだが行き方知れずが二部屋もできたんだぜ。そこの見倒しもさせてくれりゃ、けっこうな実入りになるんだがなあ」

「危ねえ、危ねえ。顔を見られているんだぜ。市どんだって斬り合いの現場にいたんだ。俺たちがのこのこ行ってみろい。その日のうちに舟で新堀川下りとならあ」

「違《ちげ》えねえ」

　話しているうちに、また牢屋敷の塀を過ぎた。


　棲家に戻ると、玄関前に千太が立っていた。

「おう、ちょうどいい」

　と、大八車の荷を屋内の物置部屋に運び込むのを手伝わせてから用件を訊くと、

「小谷の旦那からの言付《ことづ》けで」

　と、話しはじめた。要は、しばらく増上寺門前には近づくなということだった。

「分かってらあ、そんなこと。言付けはそれだけかい」

「いや、まだ」

市左が言ったのへ千太は応え、

「お奉行所が放《はな》っている密偵によれば、いまのところあの域内に変わったことはない、と。それに、あそこの連中は卑屈なほど外のことについちゃ無関心なので、店頭の若いやつらが、兄イたちを找しにくり出す心配はねえから安心しろ、と」

「それも分かってるぜ」

また市左が言ったのへ、

「奉行所は、あの土地に密偵を放っているのか」

鬼助は問いをつないだ。

「知らねえ」

千太は返し、

「小谷の旦那がそうおっしゃるんだから、そうでやしょう」

と、はなはだ頼りない。知って知らぬふりをしているのでなく、千太のことだからほんとうに知らないようだ。小谷同心は、鬼助と市左の身を案じて、千太を寄こしたようだ。

さらに帰りしな、

「きのうは、まったく驚きやした」

と、鬼助に畏敬の視線を投げ、

「近《ちけ》えうちに一杯《いっぺえ》おごるから、と旦那が」

「おう。それなら早《はえ》えほうがいいぜ」

玄関で、市左は催促するように言った。

このあと鬼助は一人で出かけた。両国米沢町の浪宅である。

鬼助が堀部家の浪宅に出かけるとき、

「――俺も連れて行ってくれやい。一度でいいからよう、安兵衛旦那のご尊顔を拝みてえ」

いつも市左は言うのだったが、

「――そのうちにな」

と、鬼助は応じなかった。

きょうもそうだった。

堀部家の浪宅には、江戸在住の元赤穂藩士がしきりと出入りし、目に見えない緊張感がただよっている。鬼助はそれを自分だけのものとし、市左を巻き込みたくなかったのだ。

きょうの用件は、庭や部屋の掃除ではなく、きのうの報告である。浪宅にただよっている緊張感と、無縁とはいえないのだ。

浪宅の玄関前に立った。鬼助は中間姿である。

「えへん」

得意げに咳払いをしてから訪《おとな》いを入れ、裏手にまわった。勝手知った家作《かさく》だ。裏庭に面した部屋の、明かり取りの障子が開け放たれている。

「おっ、やはり」

と、奈美が来ていた。多恵の件で和佳も幸も心をくだいたものだが、それにつづく犬山藩家臣の敵討ちにも、堀部家の者なら興味を示さないはずはない。その結末を奈美は知らせに来たのだろう。ならば鬼助が真剣で小和田治郎左衛門に斬りかかった武勇伝も伝わっていよう。

(手間がはぶけていいわい)

内心に思い、庭に片膝をつき、

「へい。無事、生還いたしましてございます」

と、顔を上げた瞬間だった。

「鬼助！」

部屋から弥兵衛の怒りに満ちた皺枯《しわが》れ声が飛んできた。

「えっ」

「なんだ、そのきょとんとした顔は。ともかく上がれ」

「へ、へえ」

鬼助は戸惑いながら雪駄を脱ぎ、縁側に上がって端座の姿勢をとった。部屋の中には弥兵衛と安兵衛、それに和佳と幸と奈美の五人がそろっている。晴れて仇討ち本懐の慶事が語られていた雰囲気ではない。とくに奈美は、困惑した表情だった。

「そこじゃ話もできぬ。中へ入れ」

「い、いえ。わたくしはここで」

弥兵衛が部屋の中を手で示して言ったのへ、鬼助はさらに戸惑い、動かなかった。遠慮しているのではない。鬼助はいま中間姿である。屋内の用をつかさどる腰元と違い、中間はあくまで屋外の奉公人である。その中間があるじとおなじ部屋の畳に座すなど、武家ではおよそ考えられないことだ。狭い浪宅では客ノ間も座敷もなく、どの部屋も居間となっているが、

（堀部家は、あくまで由緒ある武家であって欲しい）

鬼助の信念だ。勧められても、鬼助には縁側が限界である。

「おまえさま」

「うむ」

和佳がとりなすように言ったのへ、弥兵衛はうなずいた。和佳も弥兵衛も、鬼助の忠節を解しているのだ。

「したが、鬼助よ」

弥兵衛の口調が変わり、

「父上、私から話しましょう」

と、安兵衛があとをつないだ。

「俺も奈美から話を聞き、血気《けっき》が逸《はや》ったが、殿のご無念以来、われらに存念のあることはおまえも気づいていよう」

「はっ」

「それをまえに、目立つことは慎《つつし》まねばならんということだ。奈美もおまえも、われらは隠れた助っ人と思うておるのだ」

「はーっ」

奈美の困惑した表情が理解できた。奈美も意気揚々と、きのうの結末を知らせに来たのであろう。意気消沈するよりも、鬼助は感動を覚えた。奈美とともに、

「——隠れた助っ人」

安兵衛は明言したのだ。

ふたたび弥兵衛が言った。

「おまえはまっこと鬼子《おにご》の鬼助じゃ。字を〝喜〟から〝鬼〟にあらためたのは、実に当を得ておる」

治郎左衛門に組みつき、さらに真剣で捨て身の助太刀をしたことへの、褒め言葉だった。

弥兵衛の言葉に、和佳も幸も軽くうなずいていた。これで鬼助は、和佳や幸の前でも喜助ではなく、正真正銘の鬼助になったようだ。

「ははーっ」

鬼助はその場にひれ伏した。

帰りは奈美と一緒だった。

そろそろ火灯《ひとも》しごろに近い。

「日本橋までご一緒しやすぜ」

鬼助が言ったのへ、奈美はうなずいた。

腰元と中間で主従ではないから、歩を進めながらときおり言葉を交わしてもおかしくはない。

「いきなり弥兵衛さまの雷だから、ぶっ魂消《たまげ》やしたぜ」

「ほほほ、わたくしもです」

と、やはり奈美も、目立つ動きをたしなめられたようだ。

「それによう、安兵衛さまは俺たちを〝隠れた助っ人〟と……身が震えたぜ」

「そのことについてですが、弥兵衛さまのお言葉では、ちかぢか鬼助さんに頼みたいことがおありのようなことを申されておいででした。鬼助さんがお越しになるすこしまえです。だからいっそう、弥兵衛さまはわたくしたちに派手な動きをひかえるようたしなめられたのでしょう」

「えっ。頼みたいこと？　まさか……」

鬼助はハッとしたように一瞬、歩をとめた。

「そうじゃありません。そのまさかには、赤穂を離れても播磨《はりま》や摂津《せっつ》に多くの方々が散っておいでてございます。それらの糾合《きゅうごう》に時間がかかり、さらに準備も必要でしようから」

すぐまた鬼助は歩を進め、

「ならば、頼みたいこととはなんなのですかい」

「分かりません。浪宅のみなさまがた、わたくしにも具体的なことになると何もおっしゃらないのです」

「ふーむ。だったらなんなのだろう」

「ですから、わたくしにも」

往還はきょう一日を終えるあわただしさを見せはじめ、日本橋はすぐそことなっていた。

四　泉岳寺《せんがくじ》門前

一

「兄イ、どうしたい。落ち着きがねえぜ」

「い、いや。なんでもねえ」

市左に言われ、鬼助は戸惑った。

実際、鬼助の胸中に落ち着きはなかった。

二人は物置部屋で、きのう岩本町から引き取ってきたばかりの家財や、これまで見倒した品々の選別をしている。洗濯すべき古着や修理の必要な家具、砥《と》いだほうがいい包丁など、そのたびに奥の長屋のかみさんや指物師《さしものし》に砥師《とぎし》など、仕事ができてけっこう喜ばれている。とくに洗濯の仕事は多い。

「まさか兄イ、奈美さんのことじゃねえのかい。綺麗でしっかりした女《ひと》だからなあ」

「うるせえ！」

市左に言われ、思わず鬼助は声を荒げた。当たっているのだ。確かに鬼助は奈美を〝綺麗でしっかりした女〟とみている。というより、誰がみてもそうであろう。

その奈美が言った〝頼みたいことがおありのような〟の言葉である。

(弥兵衛さまが俺に……いったい、なにを)

きのう火灯しごろに奈美を磯幸まで送って行った帰りから、ずっと脳裡を離れないのだ。

「……なんだよ、いきなり、そんなこわい顔をして」

「ま、まあな」

美佳が毎日使っていたまな板を手にした市左へ、鬼助は辰之進の茶碗に欠けた箇所がないか調べながら応えた。

(市どんにも話しておいたほうが……)

その気もある。

だが、浅野家ゆかりの者以外には言えない。

「そろそろ大八車で柳原土手に運ばなきゃ、この部屋も満杯になりそうだなあ」

「そのめえに、洗濯と指物師の仕事がありまさあ」

「そうだなあ。茶碗類に疵物《きずもの》はなさそうだし」

話題を変えたところへ、

「えー、ごめんくだせいやし」

と、玄関のほうにお店者《たなもの》とも行商人ともつかない口調の訪《おとな》いが入った。知っている者なら、玄関のほうよりも長屋への路地に面した縁側のほうへ顔を出すはずだ。玄関への通路にもなっている縁側に市左が、

「聞きなれねえ声だが」

と、つぶやきながら足音を立ててすぐだった。

聞きなれない声がまた聞こえた。玄関は板戸一枚向こうだ。

「お初に、でもございませんが、もう一人のお人はおいでござんしょうか。鬼助さんとうかがっておりやすが。おまえさまはホトケの市左……さんで」

「そうでやすが、おまえさんは？」

市左は自称している〝ホトケ〟を付けられ気をよくしたか、鄭重に応じた。

(俺たちの名を？　まさか)

鬼助は軽い緊張を覚え、縁側から玄関に出た。

「ん？」

果たして見覚えがある。四十がらみの、脇差は帯びていないが、目付きが鋭くいかにも喧嘩慣れした遊び人といった風情だ。〝外に対しては卑屈なほど無関心〟と言っていた小谷同心の話に、

(話が違うじゃねえか)

思いが一瞬脳裡をよぎった。

男は土間に立ったまま、

「鬼助さん、でございやすね」

「そうだが。おめえさんは確か、あの門前町の……」

「なに？　増上寺の！」

市左は驚いたように一歩退き、身構えるかたちになった。市左に見覚えがないのは仕方がない。和久田治郎太こと小和田治郎左衛門の長屋に行ったときは町の若い衆と顔を会わせておらず、将監橋のたもとでも市左は大垣藩士たちのうしろにいて、橋とは離れていた。

市左の驚きにはおかまいなく男は、

「見覚えてくれておりやしたか。あのときのことでちょいと」

男は腰高障子を開けたままにしていたので、鬼助はすばやく玄関の外に視線を投げた。外に若い衆がたむろしている気配はない。さっき縁側に出たが、そこにも中をうかがうような怪しい影はなかった。男は一人で来たようだ。

鬼助はいくらか安堵を覚え、

「上がりなせえ」

「えっ、兄イ。いいのかい!」

「あゝ」

市左が上ずった声で言ったのへ鬼助は返し、男に玄関の板敷きを手で示した。緊張を覚えていないわけではない。

(厄介《やっかい》なことになるのなら、いっそう部屋に上げ……)

思ったのだ。

いざなうように先へ立ち、縁側から部屋に入れ、二人のあとにつづいた市左に、

「障子を閉めてくんねえ」

「そ、そうかい」

市左は障子を閉めた。縁側の路地を人が通っても、中は見えない。

「座りなせえ。お互い、気楽にいきやしょう」

座布団などはなく、言われた言葉に男が胡坐居《あぐらい》に腰を下ろそうとしたのへ鬼助はいきなり身をねじり、壁に立てかけてあった脇差を取り、

「お客人っ」

と、鞘走らせ、切っ先を男の喉元に当てた。

そのときの男の態度だ。並の者なら尻もちをついてうしろへのけぞるか、驚いて手を前へ突き出すかであろう。

だが男はなんら慌てることなく、喉元に切っ先を受けたまま、

「冗談はいけやせん、鬼助さん」

と、声も落ち着いていた。

鬼助は切っ先を男の喉元に突きつけたまま胡坐に腰を下ろし、

「ふざけているわけじゃねえ。おめえさん、おととい将監橋で見たご面相だ。他人《ひと》の家を訪れるのに、腹に匕首《あいくち》を呑んでいるってのは穏やかじゃねえぜ」

「ほう、これは失礼」

男はふところから匕首を鞘ごと取り出し、右脇に置いた。

「おっ、そんなのを持っていやがったかい」

と、市左はそこに気づかなかったようだ。

鬼助も脇差を鞘に収め、

「まずは名乗ってもらいましょうかい、本門前町の人」

鬼助は胡坐を組み、威圧的に出ると市左に、

「市どん。すまねえがちょいと近所をぐるっとまわってきてくれねえか」

「おう、がってんでえ」

市左が意味を解し、座りかけた腰をまた上げかけたのへ、

「待ってくだせえ」

男は待ったをかけ、

「仲間を隠していねえかと疑っているのでやしょうが、そんな小細工はしていやせんぜ。匕首も離しやした。ご存じかと思いやすが、あの町の者は、外の世界にゃ口出しはしやせん。ただお近づきにと来ただけでさあ、店頭《たながしら》の名代《みようだい》で。あ、申し遅れやした。あっしはあのあたりを仕切っている店頭三十郎《さんじゆうろう》の代貸《だいがし》で、助次郎《すけじろう》と申しやす」

男は名乗った。なるほど、代貸を張るだけの凄《すご》みはある。

「ほう。店頭の親分は三十郎さんといいなさるか、あの貫禄のある達磨《だるま》顔のお人？」

「さようで」

将監橋で若い衆を差配していたのは、やはり土地の店頭だった。

「信じやしょう。市どん、外を見るにゃ及ばねえぜ」

「おう」

市左はまだ心配げに、その場へ腰を据えなおした。

「で、代貸の助次郎さんが、こちらへ出張《でば》りなすったのは？　お近づきだけじゃあるめえ」

鬼助はつづけ、聞く姿勢をとった。

「それじゃ及ばずながら」

助次郎は話しはじめた。店頭の三十郎はあのとき若い衆を退《ひ》かせたあと、手の者に大垣藩を張らせた。中間姿の鬼助と腰元の奈美、それに市左が屋敷から出てきた。同心の小谷健一郎と一緒ではない。

「あの背の高《たけ》え同心が南町の小谷の旦那で、一緒にいるのが岡っ引の千太どんだというのは、あっしらまえまえから知っていまさあ」

助次郎は前置きするように言い、手の者は腰元が日本橋室町一丁目の磯幸に入り、鬼助と市左が伝馬町の棲家に帰ったのを見とどけ、聞き込みをしたという。

「そこで鬼助さんと市左さんの名も、見倒屋であることも分かりやした」

「なんでそんなことをしなさる」

「そこなんでさあ。市左さんはずっと前《めえ》からの見倒屋で、奉行所の手先じゃねえ。和久田の旦那と一緒にいた女の話によりゃあ、どうやら行き方知れずの源三郎とお知り合いのようで」

「それがどうかしたかい」

「おっと、早合点されちゃ困りまさあ。こっちはなにもそれを咎《とが》めているんじゃござんせん」

「あたりめえだ」

「まあ、聞きなせえ。源三郎はただの住人で、あっしらの身内じゃござんせん。だからやっこさんがどこで野垂れ死にしようが悪事を働こうが、あっしらの知るところじゃねえ。ただ困るのは、揉め事を縄張内《しまうち》に持ち込まれることだけでさあ」

市左が言ったのへ助次郎は応えた。そこへ鬼助がまた、

「おめえさんの話はまどろっこしくっていけねえ。つまりだ、俺たちがなんでお武家の敵討ちに加担したかだろうが、俺たちゃ見倒屋だ。山辺さまが住まう長屋がここの近くで、家財を見倒させてもらおうと近づきになったところで敵討ちと知り、及ばずながらと手を貸したまでのことだ。おかげで長屋の家財は、全部タダでもらっちまった。いまここの部屋に入ってらあ。見てみるかい」

「それには及ばねえ。その話、信じやしょう。だがよ、その見倒屋がなんで中間《ちゅうげん》の格好をしていなさった。それにあの身のこなしと度胸はただの人とは思えねえ。これは推測だが、あんた以前はあの山辺家の中間さんだったか、そうでなきゃ、あんたがここに入《へえ》りなすったのは三月《みつき》ほど前《めえ》と聞きやす。三月前といやあ、浅野さまご改易のときだ。ひょっとすると……」

「じれってえぜ、本門前町の。もとは中間だったことは間違えねえと言っておこう。だがよ、どのお屋敷に上がっていたかなど、おめえさん方にゃ関係のねえことだ」

「もっともで」

「だったらおめえ、なにが言いたくってあの町から出張って来なすった。用件を早う聞かせてもらおうじゃねえか」

「そうそう」

市左も相槌を入れた。

「すまねえ、ついまわりくどくなっちまったい。あのときの鬼助さんの動きだが、和久田の旦那に組みついたのなどあまりにも鮮やかで、その前に源三郎となにやら関わりのありそうな、うまく和久田の旦那を橋の外へ連れ出したことなど、相当念入りに仕組んだとしか思えねえ」

「だったらどうなんでえ。それでおめえさんがた店頭の一家の衆に、なんの迷惑もかけちゃいねえはずだぜ。あの浪人、和久田なんぞじゃねえ。小和田治郎左衛門というらしい。そやつの死体も大垣藩の辻番小屋が引き取り、町方を通じてもう無縁仏にされちまっているはずだぜ」

助次郎の話に鬼助は返し、やりとりはさらにつづいた。

「まったくそのとおりで。つまりなにもかもが、俺たちのまったく知らねえところでなにかがうごめき、ことが運ばれたようだ」

「だったら、それでいいじゃねえか」

「そのとおりです。だがよ、ことがあまりうまく運ばれ過ぎて気味が悪いのよ。源三郎の件でも、おめえさんらなにか理由があってうまく嵌《は》めたんじゃねえかと、つい思ってなあ」

「うっ」

と、これには鬼助も市左も即座には応えられなかった。

そのようすに助次郎はつないだ。

「いや、いや。さっきも言ったとおり、野郎は俺たちの身内じゃねえ。だから外で、なにをしようがどうなろうが俺たちの知ったことじゃねえ。だがよ、どうも気分がすっきりしねえ。そこで、ものは相談だ」

ようやく本題に入ったか、助次郎は外でのいざこざが縄張内に持ち込まれないかと懸念している口ぶりだ。だとしたら、小谷が〝あそこの連中は卑屈なほど外のことについちゃ無関心〟と言っていたのが、まあ当たっていることになる。

「理由《わけ》は訊かねえ。用意周到のおめえさんらだ、知っているのじゃねえのか。源三郎がもう将監橋の内側に戻って来ねえのなら、あそこの長屋に空き部屋が二つできることになる。もしそうだとすりゃあ、大《てえ》したものはねえが家財を全部見倒し、勝手に持って行きねえ。そうしてくれりゃあ、俺たちも手間がはぶけてすっきりすらあ。さあ、どうですかい。返事を聞かせてもらいやしょう」

助次郎は値踏みするように言うと、鬼助と市左を交互に見つめた。

やはり小谷の言葉は当たっていたようだ。だが、まだ分からない。部屋ごと見倒すには、大八車を牽き、もう一度あの町に行かねばならない。

(大丈夫か)

市左ならずとも、鬼助にも懸念はある。

将監橋のたもとでの敵討ちはともかく、鳥居坂下での源三郎の始末は、その原因も結末も三十郎一家は知らないはずだ。だが、それを訊こうともしない。やはり、縄張の外での出来事なのだろうか。

「分かった。で、いつ行けばいい。きょうこれからでもいいぜ」

「兄イ」

思わず市左は鬼助に視線を投げた。

(縄張内に引き込んでなぶり殺し)

脳裡に走ったのだ。なぶり殺しではないが、自分たちも小和田治郎左衛門を門前町の外におびき出し、命を奪ったのだ。

「あした来てもらおうか」

「分かった」

「兄イよう」

言った市左の声は、懸念を強く乗せたものになっていた。

それを無視するように鬼助は、視線を助次郎に据えたまま、

「おめえさん、それを話すのに、わざわざ匕首をふところに呑んで来なすったか。俺も脇差を差して行くぜ。文句は言わせねえ」

「承知」

助次郎は応じると、右脇においた匕首をふところに収めた。

二

「いいのかい、ほんとに。俺、どうなったって知らねえぜ」

市左が大八車の軛《くびき》の中に入り、その横を歩く鬼助は轅《ながえ》に手をかけ歩を合わせている。大八車で物《ぶつ》を引き取りに行くときの、いつものかたちだ。異なるのは、夜逃げの家へ秘かにかつ素早く出向く深夜ではなく、陽が昇ったばかりの広い往還を堂々と牽いているところだ。

堂々というのは当たらないか、きのう助次郎が帰ってから、

「――兄イよう。こいつぁ、なにかの罠じゃねえのかい。俺たちに空き部屋を見倒しさせてやろうなんざ」

市左は幾度も言ったものだった。いまもへっぴり腰で大八車を牽いている。

「あはは。行ってみなきゃ罠か、それともほんとうに近づきになろうとしてのことか判らねえだろう」

鬼助はまた返したが、緊張していないわけではない。

カラの大八車を牽く二人の足は、神田の大通りを南に向かっている。日本橋を越え

東海道を浜松町まで行き、そこから増上寺の大門の大通りに入ろうというのだ。二人とも動きやすい職人姿で、鬼助は腰の背に脇差を差し、市左はふところに匕首を呑んでいる。遊び人姿ではないが刃物を帯びているなど、穏やかではない。神田橋御門から城内に入り、幸橋《さいわいばし》御門を出れば増上寺への近道になるが、こんな喧嘩支度では通してもらえないだろう。

日本橋の騒音が聞こえてきた。室町一丁目だ。すぐ目の前に磯幸の玄関があり、まだ朝のうちで暖簾は出ていない。

「兄イ、寄って行かねえので？　こいつぁおとといのつづきみてえなもんだ。奈美さんも大きな働きをしてくれなすったのだぜ」

「ふむ」

鬼助は思案顔のまま進み、

「いや。話せば、心配をかけるだけだ」

と、玄関の前に差しかかった。暖簾はまだ出ていないが、中には人の立ち働いているのが感じられる。鬼助はそのほうにちらと目をやり、

（奈美さん、行ってくらあ）

胸中につぶやいた。市左ではないが、やはり不安は残る。右手をうしろにまわし、

脇差が慥《しか》と収まっているのを確かめた。

目の前が日本橋だ、太鼓状の橋板だ。

「兄イ、行くぜ」

「おう」

——ガラガラガラ
一気に渡り切ったところで、

「やっぱり兄イたちでしたかい」

向かいの人混みのなかから千太が走り寄って来た。

「橋の上に姿が見えたもので。ちょうど伝馬町へ行くところだったんでさあ」

「なに、俺たちのところへ？　ほっ、小谷の旦那が一杯飲ませてくれるって、その知らせかい」

橋の南詰広場で大八車を脇に寄せ、立ち話になった。

「へえ、さようで。きょう日の入り前の時分に、あの京橋の茶店の脇道を入ったところに小料理屋があって……」

と、千太は時間と場所を告げた。日時はきょうだった。

「兄イ」

市左は鬼助に目を向けた。問いかけている。これから行く先を話すべきか……。

「で、兄イたちはこれからどちらへ。見倒し稼業の時分じゃありやせんが」

「こきやがれ。俺たちの仕事は盗っ人みてえに、夜ばかりとは限っちゃいねえぜ」

「実はな、千太どん……」

と、市左が返したのへつなぐように、鬼助はきのう増上寺本門前町の代貸が来たことと、きょうこれから行く先を話した。

「えぇえ！　源三郎と小和田治郎左衛門の部屋を見倒しに!?　危ねえ！」

「なあに、虎穴《こけつ》に入《い》らずんばってやつよ」

驚く千太に市左は胸を張り、強がりを言った。

「す、すりゃあすぐ小谷の旦那に知らせなきゃ。旦那はもうお奉行所だ。ちょっくら行ってきまさあ」

千太は言うなりもと来た道を返した。

「ふーっ」

市左は息をつき、

「千太の野郎、いいところへ来てくれやしたが、小谷の旦那にちゃんと伝わりやしょうかねえ」

「そりゃあ伝わるだろうよ。だがな、あそこばっかりは奉行所に伝わってもなんにもならねえぜ」

「まあ、そうでやすが」

「さあ、行くぞ」

「へえ」

大八車はふたたび動きはじめた。もう広場や街道の人のながれのなかに千太の背は見えなかった。

さきほど千太に見せたのは空威張りだったか、市左の足はやはり重そうだ。

その足で京橋に近づいた。もう馴染みになった茶店はすでに暖簾を出し、街道に縁台も出している。その脇の枝道を入ったところに、千太の言った小料理屋がある。居酒屋よりは小《こ》ましな造作だ。

「いまの時刻を考えりゃ、帰《けえ》りに寄るよりも一度伝馬町に戻り、それから出直すことになりそうだなあ」

と、鬼助は脇道へ視線をながした。陽はまだ東の空にかなり低い。

「そりゃあ、話が見倒しだけに終わった場合でやしょ」

「もちろんだ。それを確かめに行くんじゃねえか」

「だけどよお」

話しているうちに、

「よっこらせーっ」

と、また太鼓状の京橋にかかり、すぐに音は土の上に変わった。

「おっとっとう」

「あらよっ」

前から来た荷を満載した大八車とぶつかりそうになり、カラの市左たちのほうが脇によけ道を譲った。

「すまねえ」

「おう」

と、相身互いは武士だけのものではない。町場のほうにこそそれは守られている。荷は炭俵のようだ。芝田屋の店先とおなじ匂いがただよった。

「多恵さん、いまごろ炭にまみれていなさろうかなあ」

「あゝ。そこに生きがいも感じていようよ。町場には屋敷の中じゃ分からねえ、人の息吹があるからなあ」

話しているうちに、新橋も越え東海道と大門の大通りが交叉する四ツ辻に入った。

人の往来が増え、屋台などもすでに出ている。

「よし。大門まで牽き、そこから寺の壁に沿って将監橋まで行くぜ」

「おうっ」

市左の声は弾んだ。もう覚悟を決めたようだ。

大門の大通りの雑踏を縫い、人通りの極端に減る寺の壁に沿った往還に入った。

「兄イよ、さっきから感じねえかい」

「ほう。市どんも感じていたかい。誰かに見られているような」

「おっ、兄イも。じゃあ、気のせいじゃなさそうだ」

「そのようだ」

と、とっくに門前町の域内だ。普通の町場と違った雰囲気がある。

将監橋の北たもとに出た。

「まずさきに」

と、二人は早桶屋の八造の長屋に立ち寄った。

「なんでえ、大八車なんぞ牽いてくるから、死体を運んで来たんかと思ったぜ」

と、死体には驚かない桶八老人だが、

「なんだって！　源三郎と和久田の旦那の部屋を見倒しに？」

思わず板を削っていた鑿《のみ》の動きをとめ、すぐに落ち着いた口調で、

「憐れなもんじゃ。源三郎なんざ行く方知れずになっても心配する者はおらず、家主が早々に見倒屋を呼びなさる。和久田の旦那は敵持ちで橋向こうにおびき出され、討たれりゃ町の者は厄介払いができたと喜んで、早桶屋より見倒屋の世話になるか。あそこもここも、家主は店頭《たながしら》の三十郎親分さね」

と、ため息をつき、

「ところで、ここの店頭がなんで遠い伝馬町の見倒屋に？　わしはおめえさんらのこと、なにも言っていねえぜ。そうか、おめえさんら、あの敵討ちに関わっていなすったかい。おびき出したやつがいるってうわさだが、それがおめえさんら？」

桶八老人は二人をじろりと見て、

「それで代貸の助次郎さんが？　ま、わけは聞かねえが、気をつけなせえ。わしゃおめえさんらの早桶は造りたくねえからなあ」

「縁起でもねえことを言うねえ。それに、気をつけろってどういうことでえ」

と、市左は心配げな目で桶八老人の皺《しわ》の深い顔を見た。

「他意はねえ。ただ見倒しで揉めたりすりゃあ、あそこにゃ気の短けえ者《の》が幾人もいるってえことさ。この町でぶすりと殺《や》られてみねえ。そいつはその日から行く方知れ

ずさね」

「なんでえ、そんなことかい。見倒しの駆け引きなら心得ていらあ」

市左は返し、鬼助もうなずいていた。空き部屋のある長屋に直接行かず早桶屋に寄ったのは、こうした感触をつかみたかったからだ。

鬼助は問いを入れた。

「父《とっ》つぁん、その三十郎親分てのは、どんなお人だい」

「どんなお人って、まあ、でっぷりとしてなさるが、考えてもみねえ。この一帯は増上寺さんの門前町でも場末《ばすえ》さね。おもての大門に近いほうにゃ、えれえ親分衆が幾人か鎬《しのぎ》を削っていなさらあ。縄張内《しまうち》で騒動でも起こしてこじらせりゃあ、それを口実に縄張を取られちまわあ。だからよう、見かけによらず猜疑心じゃねえ、用心深《ぶけ》えお人だって言っておこうかい、ここの店頭は」

桶八老人は応えた。

「ありがとうよ、父つぁん。おう、市どん。行こうかい」

「おう」

鬼助は市左をうながした。市左も板敷きの莚に下ろしていた腰を上げた。

懸念はまだ消えていない。

三

早桶屋の腰高障子に音を立てると、

「ほう、ここの爺さんを知っていなすったかい」

と、助次郎が若い衆を二人ばかり連れて待っていた。やはり大門の大通りに入ったときから、一家の若い衆が出張って動きを見張られていたようだ。

「へへ。早桶屋と見倒屋は親戚みてえなもんでね」

市左が言ったのへ、

「ははは、もっともだ」

助次郎は愉快そうに笑い、

「さあ、案内、いや、場所は知っていなさろう」

と、先に立ち、鬼助と市左の背後に若い衆二人がついた。脇差を帯びているが、害意は感じられない。

いつ来ても路地に住人の息吹は感じられない。住んでいる者はいるのだろうが、うらぶれた木賃宿のつづきといった風情だ。

空き部屋は二つだ。

「さあ、竈《かまど》の灰まで、全部持って行きなせえ」

助次郎に言われて中に入ると、押入の中や床下など、隠し金でもないかと物色した跡が見られる。あったかどうかは知らない。市左と鬼助は見倒すというより、岩本町の長屋がそうであったように、引っ越しの手伝いに近かった。

「おう、おめえら手伝ってさしあげろ」

「へい」

と、ついて来た若い衆二人が助次郎に言われ、手を貸してくれたので、大八車への積み込みはすぐに終わった。蒲団などは打ち直しが必要なほどでかさばらず、鍋釜も少なく、二世帯分でも大八車一台で充分だった。錆びた包丁やほこりをかぶったまな板など、うらぶれた男所帯のみじめさが感じられる。

運び出しが終わると、近くの木賃宿に住みついていた者でも引っ越してくるのか、若い衆二人が部屋の掃除にかかった。

値で揉めることはなく、市左の言ったタダのような値を助次郎はすんなり受け入れた。むしろあとかたづけを鬼助と市左にさせ、

「さあ、これで源三郎も和久田の旦那も、ここに住んでいた痕跡はきれいさっぱり消

えてくれた」

と、せいせいしたような口ぶりだった。

(そういうことかい。この町の店頭も、けっこういいけじめをつけるじゃねえか)

鬼助は解釈し、問いを入れた。

「源三郎だが、もしひょっこり帰って来たらどうしなさる」

「野郎が帰って来る？　あり得るかい、そんなことは」

助次郎はさらりと応えた。どうやら鳥居坂下で無縁仏になったのは源三郎らしいとのうわさは聞き込んでいるようだ。しかも、ただそれだけで済ませているようだ。門前町の典型的な事象である。

すべてが拍子抜けするほどだった。大八車の仕事に、腰の背後の脇差もふところの匕首も邪魔でしかなかった。あとは伝馬町まで牽いて帰るだけとなった。

「見倒屋を座敷に上げ、あぁご苦労さんとお茶を出す家もあるめえ。見送りはここでさせてもらうぜ」

「あゝ、いいともよ。俺たちゃ見倒しさえさせてもらえればそれでいいのよ。さあ兄イ、帰《けえ》ろうぜ」

「おう」

早々に市左は軛《くびき》の中に入り、鬼助はうしろから押した。見倒しの仕事になると、やはり市左が中心になる。

桶八老人が外まで出ていた。

「おう、父つぁん。案ずることはなかったぜ。いい仕事をさせてもらった」

「おう、おう」

市左が声をかけたのへ、桶八老人は安堵したようにうなずきを返した。

二人はもと来た道を返し、大門の大通りから東海道に出た。

「ふーっ」

「どうしたい」

足をとめ一息ついた市左に、うしろから鬼助は声をかけた。

「ここまで来りゃあ、もう安心だ。ずっと気を張りつめっぱなしだったぜ」

「あはは。やつら、なかなかいいけじめをつけやがったじゃねえか。俺たちに部屋のがらくたを引き取らせて幕にするとはよ」

「そういうことだったかい。さあ」

「おう」

大八車は街道の雑踏のなかにふたたび動きだした。

鬼助はこのとき、尾行がついていることに気づいた。市左に言わなかったのは、きょろきょろとうしろをふり向き、かえって尾行が身を隠すのを避けるためだった。その配慮が効いたか、尾行は大八車にかなり接近し、荷を押すかたちで首を下げ、背後を見るだけでその姿が確認できた。三十郎一家の若い衆だ。途中で交替するなどといった細工もなかった。人の尾行などには、慣れていないようだ。

その者は大八車が日本橋を過ぎ、磯幸の前を通り過ぎたところで引き返した。

(なるほど)

鬼助は再度感じた。敵討ちの日、手の者が鬼助と市左を伝馬町まで尾けたのなら、当然奈美が磯幸の玄関に入ったのを見ているはずだ。おびき出しといい、刃《やいば》の前に身を張った度胸といい、

(あの女、何者?)

思ったはずだ。

本門前町の長屋の前では大八車が見えなくなると、陰から恰幅のいい男が出てきて、助次郎と立ち話になった。店頭の三十郎だ。

「鬼助といったか。もう一人は市左か」

「早桶の八造爺イと昵懇《じっこん》とは、気がつきやせんでした」

「いい収穫じゃねえか。鬼助たちをうまく使えば、向後なにかのいい道具になろうよ。つなぎ役として、八造も大事にしてやんねえ」

「それはもう」

「ふふふ。うまく使えば、どんな道具にでもなりそうだぜ。まだ具体的にどうこうしようってんじゃねえがなあ」

「へい」

女衒と敵討ちの幕引きだけでなく、この町の店頭一家には、そのうち何かの役に立ちそうな鬼助に、前もって目串を刺しておこうとの思惑があったようだ。

このあとだった。大八車を尾けていた若い衆が戻ってきた。鬼助のみたとおり、大八車が室町一丁目を素通りしたのを確認し、引き返して来たのだ。

「やつら、磯幸には寄りやせんでした」

若い衆は報告した。

「あの腰元、やはり大垣藩の腰元でやしょう。てめえの屋敷の前だから、ああも大胆にふるまえたんでやしょう」

「そのようだな。磯幸ほどの料亭なら、大名家の出入りもあろう。そこへ大垣藩の腰元が出入りしていても不思議はねえ」

三十郎と助次郎はうなずき合った。腰元姿の奈美に二人は得心した。門前町の店頭一家にとって、大名家との面倒な関わりなどないほうがいい。かれらの関心は、あらためて鬼助一人にしぼられた。

「――兄イ、どうする。寄っていくかい。もう心配の種はなくなったのだぜ」

「――こんな小汚《こぎたね》え蒲団やがらくたを載せた大八を、磯幸の前にとめられるかい」

などと言いながら、鬼助と市左が伝馬町の棲家に戻ったのは、太陽がかなり西の空に入った時分になっていた。

きのう岩本町の長屋から引き取った家財を物置部屋に入れたばかりだ。きょうまた運び込めば、部屋は満杯になる。奥の長屋の住人も蒲団の打ち直しや洗濯などの仕事ができ、喜ぶだろう。

「それにしても兄イ、討手《うって》と敵《かたき》の家財が一つ屋根の下に収まるたあ、みょうなめぐり合わせだぜ」

「あゝ、俺もそれを思っていたところだ」

言いながら二人が運び込みを終えるのを待っていたように、奥の長屋からおかみさ

ん連中が三人ほどつるんで、

「なにか手伝うことはあるかね」

と、やってきた。仕事はある、三人とも縁側から上がり込み、

「わ、臭い、このふとん」

「この着物も脂《あぶら》べっとり。二、三回洗濯しなきゃならないよ」

と、それぞれ勝手に分担を決めて持ち帰った。長屋のおかみさん連中はこのおかげで、けっこううるおっているのだ。

それらに一段落ついたころ、太陽は西の空にかたむきかけていた。

「おう、兄イ。小谷の旦那と一杯《いっぺえ》、そろそろだぜ」

「そうだな」

二人は職人姿のまま、鬼助は丸腰で市左は提灯をふところに棲家を出た。

きょう一日で磯幸の前を通るのはこれで三度目になる。市左はもうなにも言わず、
鬼助も、

（あしたにでも）

念頭に通り過ぎた。見倒しの報告もあるが、それよりも〝なにやら頼みたいこと〟が、まだ胸につかえているのだ。

四

小谷の示唆した、日没に近い時分になっている。

京橋の小料理屋の奥の部屋だ。例によってとなりの部屋は空きになっている。

上機嫌だった。

「こっちが便宜を図ってもらったのに、逆に大垣藩から感謝されてなあ。それにお奉行からも、いい仕事をしたと褒められたぞ」

小谷はひとしきりその後の犬山藩と大垣藩の動きを話し、

「それにしても鬼助、おめえの度胸と刀さばきには恐れ入った。さすがは堀部家の元中間だ。それよりも、きょうおめえら二人……」

鬼助にも小谷に訊きたいことのある話題に入った。かたわらで千太がうなずいている。見倒しの話に入ったのだ。

鬼助にとってはやはりと言うべきか、それとも意外なことか、小谷はみょうな言い方をした。

「千太の知らせを受けたときはぶっ魂消《たまげ》たぞ。あそこの助次郎とやらの代貸がおめえらにつなぎを取ったとはなあ。ま、きょう一日、あの町に朝っぱらから見倒屋が入ったがなにごとも起こらなかった。俺もホッとしたぜ」

「おや、旦那。よくご存じで、平穏無事だったことが。そこなんでさあ」

鬼助は膳を押しのけるようにひと膝まえにすり出た。

「旦那からの言付けということで千太から聞きやしたが、奉行所じゃあの土地にも密偵を放っているとのことでやすが、ほんとうなんで？」

「あゝ。おめえたちも俺の岡っ引になったからにゃ、一応知っておけ」

小谷は前置きし、奉行所が門前町に密偵を放っていることを、声を低めて肯是《こうぜ》した。だが密偵といっても、手札を渡した岡っ引ではなく、奉行所ご用達《ようたし》で出入りしている行商人を門前町にも入らせ、そのつどようすを見させる程度のもので、本格的なものではないようだ。

「しかしなあ、そこは支配違いの場だ。おもてになりゃあその行商人たちは町から締め出され、寺社奉行からはみょうなちょっかいを出すなと苦情が舞い込むことになろうよ。だからこのことは、おめえらも内聞《ないぶん》にしておけ」

「へえ。がってんでさあ」

世間の知らないことを聞かされ、市左は誇らしげに返事をした。

「ま、そういう具合だが、俺は本物の密偵を得たぜ」

「えっ」

「つまり、おめえらよ」

小谷は鬼助を見て話をつづけた。

「おめえの身のこなしよ。ぶっ魂消たが、門前の与太どもはもっと驚いたろうよ。奉行所のやり手か、大垣藩か犬山藩の使い手と思ったに違《ちげ》えねえ。ところが調べてみりゃあそうじゃねえ。伝馬町に住んでいる見倒屋だ。これは使えると判断したのだろう。だから一家はおめえらに見倒しをさせた。要するにおめえらは、あそこの店頭に見初《みそ》められたって寸法《すんぽう》よ。やつらにどんな魂胆《こんたん》があるか知らねえが、これからもまたつなぎを取って来ようよ。二人が隠れ岡っ引とも知らねえでよ。ともかくそのときは話に乗ってやれ。あはは、これからおもしろくなりそうだぜ」

市左は困惑したようだが鬼助は、

「つまり旦那は、あっしらを門前町を探索する密偵に？」

「それが隠れ岡っ引よ。だがな、てめえらから手を出しちゃならねえ。藪蛇《やぶへび》になって、おめえらの命も危うくならあ。向こうからつなぎがあったときだけ、さりげなく乗ってやるのよ。そのときが来れば、俺に知らせろ」

鬼助は無言でうなずき、市左は急ではなかったことに安堵の表情になった。小谷にとって今宵の席は、新たな依頼の場ともなったようだ。

もう一つ存念があった。部屋には、すでに行灯の火が入っている。

「鬼助よ」

「なんですかい」

小谷は切り出した。

「おめえ、いまなお律儀に堀部どのの浪宅に出入りしているようだが」

「そりゃあまあ、主家は主家でやすからねえ」

「そこだ、最近おめえ、浪宅からなにか頼まれ事をしていねえかい」

(げぇっ)

鬼助は内心、驚愕の声を上げた。奈美の言っていたことと合致するではないか。

表情に出るのを懸命にこらえたが、読まれたようだ。

「心当たりがありそうだなあ」

「滅相もござんせん。俺はただ、ときおり庭掃除などに行っているだけでさあ」

実際にそのとおりなのだ。弥兵衛も安兵衛も、鬼助にまだなにも命じていない。

小谷は追及の口調をとめなかった。

「市左、おめえも一緒に米沢町の浪宅に行っているだろう」

「いえ、あっしはまだ一度も。あの名高い安兵衛旦那を、一度は拝みてえと思ってはいるのでやすがね」

市左は正直だ。小谷と鬼助の、心中の攻防に気づいていない。

「ほう。大八車のときにはいつも一緒のおめえらが、米沢町だけは鬼助一人かい」

と、小谷は市左に向けた目をふたたび鬼助に据えた。

「小谷の旦那」

鬼助はその視線へ反発する口調になった。

「旦那は俺が浅野家ゆかりの中間と知って、岡っ引の話を持って来なすったかい。改易後も俺が堀部家に出入りがあることを知って、元家臣団にみょうな動きはねえか探ろうと……」

「そのとおりよ」

「えぇえ？」

意外な答えだった。当然否定すると思っていたのが、かえって鬼助は継ぎ穂に戸惑った。

「鬼助よ、考えてみろい」

小谷は諭《さと》すように言った。

「門前町の密偵とおなじよ。俺は知らせろとは言ったが、お縄にするなどと言ったかい。ただ、動静を知っておくだけのことよ。大名家の改易ともなりゃあ、多くの浪人や仕事にあぶれた奉公人が出ているはずだ。しかもこたびの改易は不可解というより、理不尽だ。なにがどこでどう噴出してもおかしくはねえ」

「それを押さえ込もうってのかい」

鬼助は小谷を睨んだ。

「早まるな。門前町の連中が、怪しげな者をかくまったとしようかい。それが義賊なら、それともまともな存念がある者だったなら、俺はそいつを逆に支えるぜ」

「義賊？　存念？」

「そうさ。たとえは悪いがなあ、俺たち町場をまわる定町廻り同心が、お奉行にも内聞にしていることを一つ明かしてやろうか」

「ありやすのかい、そんなのが」

市左も身を乗り出した。

「ある。あの新堀川の夜鷹よ、そこことは限らねえ。どこにでも出らあ。一斉にそれを取り締まったとしよう。たまたま取り押さえたのが顔見知りで、夜鷹をしなきゃならねえ事情も知っている女だったらどうする。そいつに縄をかける同心はいねえぜ」

「旦那はどうなさる」

「俺かい。助けてやらあ、逃げ道も教えてなあ」

小谷の言葉に、かたわらの千太がうなずきを入れた。すでにそうしたことが幾度かあったようだ。

「大きな声じゃ言えねえが、かたや切腹にお家断絶で、かたやお構いなしじゃ、鎌倉以来の武家の作法はどうなる。これじゃなにがしかの存念が生まれても仕方がねえ」

「奉行所もそう思っているのかい」

「あゝ、一人ひとりが人の子さ。だが役目柄、騒ぎが起こるのは困る」

「おかしいぜ」

「あゝ、おかしい。話している俺もじれってえ。ただなあ、知っておきてえのよ。目をつぶるにも、知らなきゃつぶれねえ。だからよう、おめえが弥兵衛どのか安兵衛どのからなにか頼まれるようなことがあったら……ま、知らせろというほうが無理か。おめえらの手に余るようなら、相談には乗るぜ」

「………」

戸惑いを見せる鬼助へさらに、

「こんなことは弥兵衛どのも安兵衛どのも先刻承知のことと思うが、吉良《きら》家よりも」

「おっと小谷さん。俺は弥兵衛さまからも、安兵衛さまからも、吉良屋敷を探れなどとは言われていねえぜ」

鬼助は堀部家の中間の目線で小谷に返した。

「あははは」

小谷は笑顔になり、

「吉良家を探るなど並大抵のことじゃねえ。それにおめえがそんな大役を帯びていたなら、芝田屋の多恵さんのことはともかく、縁もゆかりもねえ敵討ちにのこのこ助っ人に出たりするめえよ。磯幸の奈美どのもだ」

（あっ）

鬼助は内心、声を上げた。堀部家では山辺辰之進の敵討ちの助っ人を褒められるどころか、逆に叱責されたのだ。

それを思い、瞬時、鬼助は弥兵衛の存念が、より鮮明に見えた気がした。

「おめえが早とちりするから、話が脇にそれちまったじゃねえか。もとに戻すぜ」

「へえ」

小谷はお猪口《ちょこ》の酒を干し、

「呉服橋御門内の吉良家よりも、内濠の桜田御門外に上屋敷がある上杉《うえすぎ》家十五万石に気をつけろということだ」

「上杉？　なんで」

市左が頓狂《とんきょう》な声を入れた。

鬼助は無言でうなずき、お猪口をゆっくりと口に運んだ。

上野介《こうずけのすけ》の正室の富子《とみこ》が上杉家の出であり、上杉家当主の綱憲《つなのり》は吉良家から養子に出た上野介の嫡男であることは、広く知られている。だから吉良家が浅野家元家臣たちに警戒を強めれば、上杉家が援護するのはきわめて自然である。

「なるほど」

「ま、これも弥兵衛どのらはご承知だろうが、上杉家には戦国の謙信《けんしん》公以来、武田の透波《すっぱ》も吸収した集団がいる」

「えっ、透波ってえ、忍者のことで？」

また市左が声を入れ、お猪口を口に運び、手酌で満たした。

「そうだ。いまはどれほどのものかは知らねえが、おもに国おもての出羽米沢《でわよねざわ》で城内の横目付《よこめつけ》、城下では領民の法度破りの探索をおもな役務にしていると聞く」

「つまり、江戸城下での旦那や俺たち岡っ引みてえな？」

「そういうことになる。うわさじゃその透波の衆が幾人も米沢から江戸へ出て来て、すでに上杉屋敷に入《へえ》っているってえことだ」

「なるほど、なるほど、なるほど」

また市左が頓狂な声を上げ、

「巷《ちまた》じゃしきりに言っていやすぜ」

これまで伝馬町の棲家ではつとめて話題にしなかったことである。それを市左は堰《せき》を切ったように話しだした。

「つまり浅野の殿さまは、理由《わけ》は知らねえが殿中で吉良さまに斬りかかったが果たせず、切腹の沙汰になっちまった。斬りつけるにゃそれなりの理由があってのことだろうから、浅野の殿さまは悔しくてしようがねえ。それをご家来衆が受け継ぎ、吉良さまの首を狙っているに違《ちげ》えねえ、と。さっきからの存念、存念てえ兄イ、それのことかい」

市左は視線を鬼助に据えた。

「しっ、声が大きいぞ」

こうしたときのために、となりを空き部屋にしているのだが、小谷は叱声を市左にかぶせた。

「へえ」

市左はつい大きくなった声を首と一緒にすぼめたが、目は鬼助に向けたままだ。

小谷が言った。

「つまりだ、これはいかに人口《じんこう》に膾炙《かいしゃ》されようと、成就《じょうじゅ》の日まで断じておもてにはできぬということだ。だから上杉の透波まで出て来て探りを入れようとしている。このこと、弥兵衛どのらは知っておいでかな。一応、耳に入れておく必要はあろう」

「上杉の透波が！　ふむ」

鬼助は驚きの声を上げ、低くうなずいた。

「それに市左よ」

「へえ」

「存念を知ったからといって、先走ってどじを踏むんじゃねえぞ。将監橋での対手は小和田治郎左衛門一人だったが、こたびの存念の吉良は四千二百石、背後の上杉は十五万石だ。それに透波までもなあ」

「うひょー」

市左はお猪口に伸ばしかけた手をとめ、また首をすぼめた。

「それになあ鬼助さんよ」

と、小谷は鬼助を浅野方の者として話すかたちになった。

「柳営《りゅうえい》（幕府）から町奉行所に留意せよとの下知《げじ》が来ている。おそらく将軍家御側《おそば》御用の柳沢《やなぎさわ》さまあたりから出た下知だろうよ」

「その名なら知っていますさあ。将軍さまのご寵愛を受けておいでの人とか」

「そうだ」

「で、留意せよたあ、浅野家臣群の動きにですかい」

「それしかあるまい」

「うむむ。で、奉行所はどうなさる。安兵衛さまらはおもて立って動いておりやせんし、まして段平《だんびら》ふりまわしているわけでもございせんぜ」

「あはは、先走るな。崇高な存念のあるお人らが、そんな軽はずみなことをするかい。だから留意せいというだけで、取り締まれなんてお奉行も与力のお人らも言っておいでじゃねえ。たとえ柳沢さまがみょうな下知をなされようと、俺たち現場を預かる者は……さっきも言ったろう、人の子ってよ」

「はねっ返りはいねえのかい」

「分からねえ」

「うっ」

鬼助は絶句の態《てい》となり、すぐ思いなおしたように、

「きょう旦那がここで話したこと、米沢町の浪宅で話してもいいかい」

「話すなと言っても、話すだろう」

「それはまあ」

鬼助は返した。小谷の言うことに信憑性はある。柳営から奉行所に下知が出ていることはむろん、上杉の透波の話など、奉行所の同心なればこそ知り得ることだろう。

「それよりも旦那、さっき俺が米沢町の浪宅でなにやら頼まれていねえかって、まるでそのなにやらを知っていなさるみてえな口ぶりでやしたが、なんなんですかい」

鬼助は話題を変えるように問いを入れた。さっきからずっと気になっていたのだ。

「あゝ、あれかい。どうやらおめえは、その数の中に入《へえ》っていそうにねえなあ」

「なんのことでえ」

「おめえ、知らねえのかい。水無月《みなづき》（六月）の二十四日、もうすぐだぜ」

（あっ）

また内心に、鬼助は声を上げた。これは懸命に隠した。浅野内匠頭《あさのたくみのかみ》の百カ日法要の日だ。赤穂では国許の菩提寺で執りおこなうだろう。江戸にも菩提寺はある、高輪《たかなわ》の泉岳寺《せんがくじ》だ。江戸で祭主になるのは……堀部弥兵衛となろう。多恵の救出、山辺辰之進

の敵討ちなどで、すっかり失念していた。

話は当然、堀部家の浪宅を中心に進んでいようが、まだ弥兵衛は鬼助に話していない。失念とはいえ、それを小谷に指摘され〝その数の中に入っていそうにねえ〟などと言われるのは、屈辱でしかない。

（恨みやすぜ、弥兵衛さま、安兵衛さま）

鬼助は胸中に念じ、

「あゝ、あれですかい。まだ五日もありまさあ」

さらりと返した。上杉の透波が出羽米沢から江戸に出て来ているのなら、当然泉岳寺に目をつけるはずだ。弥兵衛や安兵衛、さらに高田郡兵衛《たかだぐんべえ》や奥田孫太夫《おくだまごだゆう》らの顔を覚える絶好の機会となる。

（一刻も早く浪宅に知らせなきゃ）

込み上げてくる。そこに言ったのは、小谷への強がりでもあった。

「なあに、あした両国の米沢町に行くことになっているもんで、そのときに……」

小谷は無言でうなずいた。鬼助には、小谷の旦那なら、

（夜鷹の見逃しじゃねえが、合力してくださろう）

その信頼感が芽生えている。

「こいつあおもしれえ。上杉の国許が出羽の米沢、堀部さまの浪宅が両国の米沢町たあ、偶然でやしょうかねえ」

「ほう、そうなるか。気がつかなかった、あははは」

と、小谷が笑いながら返し、重くなりかけた座の雰囲気がなごんだ。

このどさくさに紛れてか、

「兄イ、あしたも両国の米沢町に行くのかい。だったらきょうのこの談合に加わった俺だ。そこもつき合いやすぜ」

「そうだな、ついてきな」

「お、兄イ。いいのかい」

市左ははしゃぎ、鬼助は話のながれに乗せられたようだ。

そのような二人へ、

「百カ日までに、またおめえらと会わねばならんようだなあ」

きょうの座を締めくくるように小谷健一郎は言った。

小谷同心のきょうの目的は、敵討ちの慰労より、そのほうにあったようだ。

帰り、市左は提灯で鬼助の足元を照らしながら、

「へへ、兄イ。約束だぜ」

念を押していた。

五

まだ朝のうちだ。中間姿に職人姿である。

市左が、

「へへ、兄イは中間姿が一番似合っていやすねえ」

市左が、途中で鬼助の気が変わらないようにと機嫌をとったのではない。実際、鬼助は腰の背に木刀を帯びているときが一番落ち着く。木刀を帯び、それが自然に見えるのが、紺看板に梵天帯の中間姿だ。二人の足はいま、両国の米沢町に向かっている。

弥兵衛や安兵衛が出かけてしまうわけではないが、鬼助はつい速足になり、市左もそれに合わせている。昨夜の〝数の中に入っていそうにねえなあ〟と、小谷同心に言われたのが、悔しくて仕方がない。それに、上杉の透波の話もしなければならない。百カ日法要まであと四日である。

朝の陽光が射したばかりというのに、両国広小路にはすでに人も出ておれば茶店や飲食の屋台も売り声を張り上げ、芝居小屋や見世物小屋も人が忙しなく動き、客を入れる準備に入っている。江戸の町は街道の宿場とおなじで日の出とともに一日の営みが始まる。

「おう、こっちだ」

「へへ、いよいよでござんすね」

と、鬼助は米沢町への枝道に入り、市左はいそいそとつづいた。江戸中に名の知られた堀部安兵衛に会えるのだ。

角を曲がると、幸が竹箒《たけぼうき》で玄関前を掃《は》いていた。鬼助はあわてたように、

「あっ。幸さま、私が！」

走り込み、奪うように竹箒をとって道を掃きはじめた。

「あらあら、鬼助。ちょうどよかった。主人が伝馬町に遣《つか》いを寄こそうとか言っていましたから」

「えっ、私をですかい」

「はい。おまえさまーっ」

鬼助は手を休めずに問い、幸は返すと安兵衛を呼びながら屋内に戻った。

追いついた市左が、

「さっきの、土手でお会いした安兵衛旦那の奥方！　いつ見てもきれいなお人でやす

ねえ。それに兄イ、いつもこのように？」

「あたぼうよ。俺はここの中間だぜ」

気分はそのとおりなのだ。手を動かしながら鬼助は返し、

「さあ、おめえも手伝え」

「あ、あゝ」

言われても箒は一本しかない。戸惑っているうちに鬼助はさっさと掃き終え、

「さあ、行くぞ」

「へ、へい」

と、市左もつづいて母屋の横合いから裏庭へ入った。

鬼助は上機嫌だった。幸の言った〝主人が遣いを〟の言葉が効いているのだ。

（やっぱり安兵衛さまは、俺を必要とされておいでだ）

胸中に念じ、

「へい、鬼助ほか一名、参りやしてございます」

鬼助は裏庭に片膝をつき、見よう見まねに市左も鬼助のななめうしろに片膝を地につけた。

縁側にはすでに二人分の茶が用意され、部屋には弥兵衛と安兵衛がそろっている。

やはりなにやら話のあるようすだ。

鬼助は逸《はや》る気持ちを抑《おさ》え、

「ここに控えおりますは……」

と、市左を引き合わせした。

「ほう。おまえが鬼助の相棒の見倒屋か。おもしろい商いもあったものだ。さあ、二人とも上がれ」

「はっ」

「へへーっ」

と、安兵衛が市左を見て言ったのへ鬼助が返し、縁側に上がって足を端座に組み、市左もぎこちなくつづいた。浪宅とはいえ、武家の作法は市左にとって初めてだ。

座につくなり鬼助は、

「さきほど幸さまが、旦那さまがなにやら私をお呼びとうけたまわりやしたが」

弥兵衛が口を開くよりさきにうかがいを立てた。

「ふむ。大丈夫か、鬼助」

弥兵衛の問いを鬼助は即座に解した。弥兵衛の視線が市左に向けられていたのだ。

鬼助は、鳥居坂下のときも将監橋のときも市左が一緒だったことを話し、

「昨夜も南町奉行所の小谷健一郎同心と重要な話で談合いたしましたが、そのときも同座し……」

と、小谷が昨夜語った内容を洩らさず話した。

奥の部屋で聞いていたか、和佳と幸も出てきて弥兵衛たちの背後に座をとった。

部屋に緊張感がただよった。

「うーむ。上杉には透波のながれを汲む一群がいることは聞いておったが、そやつらが出て来おったか。鬼助、市左、いいことを聞いてきてくれた。小谷健一郎どのと面識はないが、よろしく伝えておいてくれ」

「はっ」

弥兵衛が言ったのへ市左が畏《かしこ》まって返事をした。

「ともかくだ、そのめえにおめえら、固まっていねえで足をくずせ」

「へへーっ」

安兵衛が言ったのへ市左が返し、うかがうように鬼助の横顔に視線を向け、一緒に胡坐居になった。口にお茶を運んだのも、鬼助が飲むのを見てからだった。

緊張のなかにもくつろぎが見えたところで、

「親爺《おやじ》どの」

「うむ」

安兵衛がなにやらうながすような視線を弥兵衛に向け、弥兵衛は深刻な表情でうなずいた。和佳も幸も弥兵衛に視線を向けている。いずれもが真剣なまなざしだ。どうやら鬼助の上杉家透波の知らせが、四日後の内匠頭百カ日法要に重要な意味をもたらしたようだ。

鬼助は固唾《かたず》を呑む思いで、弥兵衛の皺《しわ》を刻んだ顔を見つめた。市左は落ち着きなく、弥兵衛と安兵衛を交互に見ている。

まだ考え込んでいる風情の弥兵衛に和佳が、遠慮気味に声をかけた。

「上杉さまから透波の衆が出張って来たとなれば、相応の用心が肝要なのでは……」

「それじゃ。わしもそれを思うておった。向こうが攻勢に出るきざしやも知れぬ。一同打ちそろって山門をくぐるなど、こちらの陣容を知らせてやるようなもの」

「そのとおりです」

明瞭に言った弥兵衛に安兵衛が相槌を入れた。

「鬼助、おまえにはその日、挟箱持《はさみばこもち》の供を頼もうと思うておったが、役務変更じゃ」

と、弥兵衛の言葉で座は新たな段取を決める場となった。その場に立ち会っていることに、鬼助は言い知れない満足感を覚え、市左は終始緊張の態だった。

その緊張は、帰りの道にもつづいた。二人がふたたび両国広小路に引き返したときだ。すでに午《ひる》近くになっている。

「兄、兄、兄イ。お、俺、お仲間にっ」

「黙れ！　人前で話しちゃならねえっ」

「へ、へえっ」

鬼助に一喝され、市左は首をすぼめ口を閉じた。広小路には、来たときよりも人出が増えている。

あとは無言で来た道を引き返し、ふたたび市左が、

「俺も、堀部さまらの存念の切れ端に、つながらせてもらったのかい！」

と、待ちかねたように口を開いたのは、伝馬町の棲家に戻ってからだった。

高田馬場で世に知られた武士に会えたばかりではない。談合の終わったとき、安兵衛から直《じか》に、

「――よいな、市左というたなあ。首尾ようやってくれよ」

と、安兵衛から仲間内として声をかけられたのだ。どう返事をしたか、市左は覚えていない。

落ち着きを得たのは、奥の部屋で一息ついてからだった。

「俺、兄イと知り合ったおかげで、毎日が楽しくなってきたぜ」

しみじみと言ったものだった。

鬼助はうなずきを返した。頭の中は、四日後のことで一杯だった。

昨夜、小谷健一郎が〝またおめえらと会わねばならんようだ〟と言ったとおり、京橋の茶店で膝を交えたのはこの二日後、あさってが百カ日法要という日だった。当日の打ち合わせである。終えたとき、

「旦那はそれでいいんですかい」

鬼助が恐縮するように言ったのへ、

「あははは。俺は泉岳寺に行ったという、かたちをつくるだけでいいのさ」

小谷健一郎は応えたものだった。

六

その日が来た。

日の出とともに、それぞれがそれぞれに動いているはずである。

鬼助と市左も動いていた。

「もう、お出かけでやしょうかねえ」

「こら。外に出たら話すなと言ったろう」

「へえ」

市左はまた鬼助に叱責され、首をすぼめ歩を進めた。二人とも腰切半纏を三尺帯で決めた職人姿で、身に寸鉄も帯びていない。偵察の役務を担って出かけるのに丸腰など、二人にとっては不安で落ち着かず、勇気のいることだった。

その足は室町一丁目の磯幸の前を過ぎ、日本橋に入ったところだ。

四日前、米沢町の浪宅でこの日の役務を弥兵衛から言われたとき、

「――おまえたち、へたに刃物など持って行くと、かえって身を危うくするぞ。無腰も身を護る一つの手段と思え」

「――そうですよ。危ないと思ったら、即座に逃げるのですよ」

安兵衛に言われ和佳からも諭《さと》されたのでは、従わないわけにはいかない。なるほど丸腰で出ると、命のやりとりをみずから避けた思いになり、安堵感が湧いてくるのを覚えた。

泉岳寺は、東海道を南へ京橋から増上寺門前を過ぎ、さらに金杉橋も越えてひたすら南へ歩くことになる。両脇の町も徐々に顔を変える。二階家が多く、沿道に出てい

る茶店の縁台にも赤い毛氈《もうせん》が敷かれていたのが、金杉橋を越え田町あたりに入るといずれの商舗《みせ》もよそ行きの装いから普段着になったか、縁台に毛氈をかけた茶店はなく、いずれもが板をむき出しで、二階家も少なく料亭が一膳飯屋となり、瓦《かわら》屋根より板《いた》葺《ぶき》が多くなる。田町二丁目の芝田屋は、おもての店場の部分だけが瓦になっていた。

一丁目から九丁目までと長くつづく田町の町並みを過ぎると、いきなり片側に海が広がる。江戸湾の袖ケ浦《そでがうら》だ。海浜に沿って街道はながれ、風の強い日などは波しぶきが往来人にまで降りかかってくる。

この日は穏やかで沖合に大小の白い帆が点々と浮かび、思わず足をとめしばし眺めていたくなるような風景だった。片側にならぶ民家は場所柄、船人足や荷運び業者が多く、家も納屋《なや》のような造作が多く、牛や馬も多い。

日本橋から黙々と歩き、多恵の住む田町二丁目を過ぎたときも、芝田屋のある脇道にちらと視線をながしただけだった。その寡黙に耐えていた市左が海浜を見るなり、

「おゝ」

と、潮風を身に受け感嘆の声を洩らし、そのすぐあと、

「ぬぬぬぬ」

鼻を手で覆った。すぐ横で馬が大きなものを落としたのだ。鬼助も顔をそむけた。

だがひと風吹けば、ふたたび潮騒《しおざい》に潮の香である。

海浜の往還に出るとゆるやかに湾曲した街道のさきに、一角だけ納屋や物置とは違った風情の家が数軒ならんでいるのが見える。泉岳寺の山門からながれた門前町の通りが東海道にぶつかり、丁字路になった箇所である。

丁字路の両脇に茶店や蕎麦《そば》屋が暖簾を潮風になびかせ、そこから延びる門前町はまっすぐな上り坂になり、一丁半（およそ百五十米）ほどで山門に至る。

その坂道の前に立った。上のほうに泉岳寺の山門が見える。両脇には旅籠や茶店に仏具屋や筆屋などがならび、通りからくぼんでいる一角は石材屋のようだ。

「さあて」

と、二人は丁字路の角の茶店が出している縁台に腰を下ろした。疲れた身に、潮騒と潮風が心地よい。太陽はまだ東の空で、中天にかかるにはあと一刻（およそ二時間）は充分にあろうか。法要は昼四ツ（およそ午前十時）からなので余裕はある。

参詣客だろうか、身なりを整えた大店のあるじやご新造《しんぞ》風の男や女が、供の者と一緒に腰を下ろしている。なかにはすでに参詣をすませた者もいようか。

「おう、姐ちゃん。俺たちゃ人待ちでよ、すまねえがちょいと長居させてもらうぜ」

「茶一杯でなどと吝《けち》なことは言わねえから」

と、出て来た茶汲み女にことわり、茶のほかに煎餅《せんべい》や団子も頼んだ。

茶汲み女はかなり年増で、茶汲み婆さんといったほうが当たっていようか、

「はいはい。そのようなお客さん、よくいらっしゃいますよ」

と、慣れた口調で愛想よかった。場所柄か、実際にそうした客もいるのだろう。

「そう言ってもらえりゃあ、ありがてえぜ」

と、市左が軽やかな口調で返した。緊張を感じない。身に刃物を帯びていないせいかもしれない。持っていたら、どうしてもそれを使う場面を想像し、かえって緊張を高めることになる。弥兵衛が刃物を持つなと指示したのは、きょうの役務には適切だったようだ。はた目にも二人は、まったく人待ちの職人にしか見えない。おそらくとなりの縁台に上杉家の透波が座っても、となりにいる二人連れの職人が浅野家の手の者とは気づかないだろう。

そうした穏やかな雰囲気が、いきなり通常とは違ったざわつきを見せた。出て来た茶汲みの婆さんはその場に棒立ちになり、すぐ中から亭主であろう、

「これはお奉行所の旦那。ここでお休みのほどを」

と、揉み手をしながら出てくるなり、

「これ、早うお茶を」

婆さんに言い、

「へへへ。さあ、ここへ」

と、鬼助たちのとなりの縁台を手で示した。小銀杏《こいちょう》の髷に着ながし黒羽織の小谷同心が、千太をしたがえて来たのだ。

町奉行所の同心を見た茶店のおやじが、緊張気味になったのは鬼助にも市左にも理解できる。角を曲がり坂道に数歩入れば、そこはもう寺社奉行の管掌地で、増上寺の門前町とおなじなのだ。この町にも店頭《たながしら》がいて、角の茶店も街道筋とはいえその息がかかっているのだろう。

「おう、じゃまするぜ」

小谷は大小を帯びたまま縁台に腰を下ろし、その横に千太も座った。千太が小谷とおなじ縁台に座れるのは、中間姿ではないからだ。中間姿ならこうはいかない。縁台の脇に片膝をつき、あるじが茶を飲み終わるのをいつまでも待たねばならない。

小谷と千太は縁台に座ったものの、となりの鬼助と市左には目もくれず、鬼助たちもまた知らぬ顔だった。茶店の者も通りを往来の者も、この役人と職人がつながっているなど想像もしないだろう。

もちろん往来人のなかには、上杉家の透波も含まれていよう。街道をさりげなく行く者、参詣に坂道を上る者のなかからそれらを見つけ出し、確かめるのがきょうの鬼助と市左の役務だ。それらしい風体《ふうてい》をしているわけではない。武士か職人か商人か、男か女か、さらにその人数さえ判らない。勘に頼る以外にない。

「――俺がとなりの縁台に座ろう。同心の俺を訝《いぶか》しげに見る者がいたなら、その者に目串を刺せ。常人なら俺を見れば視線をはずし、盗賊や掏摸《すり》ならこそこそ逃げるものだ。つまり、その逆の者に目をつけろというわけだ」

小谷はおととい京橋の茶店で、鬼助と市左に言ったのだ。こうしたことに経験のない二人には、いい示唆だった。

七

すぐだった。いかにも遊び人といった風体の男が二人、坂を下って来た。鬼助も市左も増上寺で慣れている。そやつらが何者か、すぐに分かった。透波などではない。店の者が知らせたのだろう。二人は茶店の前で立ちどまると辞を低くし、

「へへ、旦那。奉行所のお人が、あっしらの町になにか用でやすかい。ご参詣だけならご案内いたしやすが」

一人が言ったのへ小谷は湯飲みを手にしたまま、

「参詣もしようが、いまは街道筋のここに座っているだけだ。文句はあるめえ。ちょいと長居させてもらうぞ」

「さようですかい。ま、ごゆっくり」

二人はうなずきをかわし、坂道に戻った。土地の店頭一家も、きょう浅野内匠頭の百カ日法要のあることは当然知っていよう。そのために出張って来た同心と解したようだ。横で千太がホッとした表情になっていた。

となりの縁台では職人の二人連れが、

「まだ来ねえかなあ」

「ま、遠くからだ。気長に待とうや」

などと首を街道のほうへのばして話している。同心の配下でないと印象づけたはずだ。二人ともなかなかの役者だった。

安兵衛からお仲間への連絡は徹底しているようだ。町人に混じって歴とした武士姿の者に百日髷の浪人姿が、一人また一人と潮風の街道から泉岳寺への坂道へと、角の茶店の前を通って吸い込まれていく。

ちらと茶店のほうへ視線を投げ、そ知らぬ風で角を曲がったのは礒貝十郎左衛門《いそがいじゅうろうざえもん》だった。そのあとへかなりの間合いをあけ、縁台には見向きもせず坂道に入ったのは片岡源五右衛門《かたおかげんごえもん》だ。二人とも視界に鬼助を入れたはずだ。安兵衛のお供で赤穂に出向いたとき、先発した礒貝や片岡と鬼助は赤穂城下で会っており、面識はある。

「――わが家の中間であった鬼助が、透波探索のため出張っている。知らぬふりでやり過ごされたい」

安兵衛が参会者の全員に触れたのだ。それが守られている。

元浅野家臣が山門に入っても

「――いちいち俺に告げる必要はないから」

と、小谷は言っているのだ。浅野家臣の顔を覚える気はなさそうだ。例外があった。鬼助は内心驚いた。中間をともなった老武士が一人、ゆっくりと歩いて来た。弥兵衛だ。笠をかぶって髷を隠している中間姿は、なんと安兵衛ではないか。

弥兵衛は鬼助に言っていた。

「――小谷どのに一言お礼を言っておきたい。おまえの近くにいる同心がそうなら、合図を送れ」

鬼助は腹掛《はらがけ》の口袋《こうたい》から手拭を出し、額をぬぐうと、

「おう、街道に出てみようせ」

と、市左をうながし、その場を離れ品川宿のほうへ数歩進み、大きく伸びをした。合図だ。それも小谷は知っている。

弥兵衛は鬼助たちの立った縁台に腰を下ろし、安兵衛はそのかたわらに片膝をついた。笠の前をわずかに上げ、小谷と目が合うとかすかにうなずきを交わした。安兵衛は視線を遠くの白帆の群れに向け低声《こごえ》で、

「うちの中間が世話になっている由《よし》、感謝申し上げる」

「なんの」

小谷も眼前の海浜に目を向けたまま、低くつぶやくように返した。

茶汲みの婆さんも、二人が言葉を交わしたのに気づいていない。

弥兵衛はお茶にひとくち口をつけただけで、

「参るぞ」

「はっ」

と、縁台を立ち、中間の安兵衛もそれにつづいた。

小谷も千太も素知らぬ風をよそおっている。

が、すぐそのあとだった。十間（およそ十八米）ほど離れた海浜で、白帆の群れをながめていた行商人がやおら動き、茶店の前を胡散臭そうに縁台の役人を見つめなが

ら通り過ぎ、坂道に入った。古着の行商か、大きな風呂敷包みを背負っている。

「おい、鬼助たちを呼べ」

「へい」

千太は、行商人とは逆方向の品川寄りに離れていた鬼助と市左を呼びに行った。すぐに戻って来てさりげなく海浜に視線を投げると、小谷は低く独り言のように、

「いま風呂敷包みを背負った行商人が、堀部どの二人を尾けた」

言うと鬼助は、

「ちょいと俺、参詣してくらあ」

と、市左をその場に残し、坂道に入った。

小谷は推測した。透波たちは弥兵衛の浪宅をつきとめ、行商人姿で張っていた。そこで弥兵衛らしい老武士が出て来たので尾けた。泉岳寺に向かったので弥兵衛に間違いないと確信し、顔を覚えるとともにさらに尾け、泉岳寺の山門に向かった……。それを鬼助が尾けたのである。

実際、浪宅を張った透波は二人だった。もう一人は安兵衛の出て来るのを待った。従僕が安兵衛などとは、思いもしないことだった。いっこうに出て来ない。その透波は泉岳寺に急いだが、着いたときには昼四ツを過ぎており、元浅野家臣を一人も掌握

できなかった。

　泉岳寺門前町の茶店では、縁台の前を編笠をかぶった奥田孫太夫が通り、浪人姿の高田郡兵衛も通った。市左は二人の顔を知らない。だが鬼助は知っており、安兵衛に随って赤穂に行ったとき、奥田と高田が一緒だったのだ。坂道のいずれかで、二人はそれぞれ鬼助とさりげなくすれ違ったはずだ。

　そのほかの元浅野家臣らも従来の武士姿で、あるいは町人姿となり、それぞれに坂を上ったであろう。参詣人はかれらばかりではない。むしろ元浅野家臣たちは、幾多の参詣人のなかの一部に過ぎない。幾人が集まるのか、鬼助も聞かされていない。

　送り込まれた上杉家の透波も幾人か、知る由《よし》もない。ただ言えるのは、両国米沢町の浪宅を張った二人のみではあり得ないということだ。

　もしそれらの目の前に、鬼助からの知らせがなく一同打ちそろって山門への坂を上っていたなら、江戸在住の有志の浅野家臣群の全容を上杉家に教え、顔も知られるところとなっていただろう。

　弥兵衛と中間の安兵衛を尾けた行商人の透波は、老武士と中間が山門をくぐるのを見とどけると、坂の中ほどにある茶店に入った。

　鬼助は引き返した。

「やっこさん、中ほどの茶店に入《へえ》りやしたぜ」

縁台に腰かけ、海を見ながらまた低声の独り言である。

「ふむ」

小谷はうなずき、思案した。一人ひとり透波を見分けるのは不可能だ。さきほど武士が一人、職人が一人、同心姿の小谷を一瞥《いちべつ》して坂道に入ったが、それらが透波かどうか確証はない。さきほどの与太が来て、

「へへ、まだおいでで」

と、愛想よく言うとまた坂に戻った。寺社地の店頭の手の者として、町方のようすを見に来たのだろう。

きょうの目的は、ほんとうに上杉家の透波が江戸に出張って来ているのかどうか確証を得るところにあり、そのため弥兵衛は鬼助と市左を丁字路の茶店に配したのだ。今後とも透波の陣容をつかむなど、不可能なことは小谷も弥兵衛も心得ていよう。

（よし、あの行商人一人に絞るぞ）

小谷は定め、

「さあて、俺たちは帰《けえ》るとするか」

大きな声で言うと、縁台に座ったまま両手を高く上げ伸びをした。

驚いたのは鬼助だ。

その鬼助に小谷は両手を上げたまま、また低声の独り言を……。

鬼助はかすかにうなずき、

「こんどは俺が参詣してくらあ」

と、市左が縁台を立ち、坂道に入った。

小谷の帰り支度のようすに、奥から茶店のおやじが、

「えへへ、もうお帰りで」

と、満面笑みをたたえ揉み手をしながら出てきた。

「あゝ、帰る。千太、行くぞ」

「へえ」

立ち上がった小谷に、

「またのお越しを。へへへ、お代はいりやせんです、はい」

と、嬉しさを表情に浮かべて言う。ただでも安いものだ。同心におもての縁台に陣取られては、客が入って来ない。小銀杏の髷に着ながし黒羽織の小谷が座っているあいだ、縁台の客はとなりの職人二人だけだった。泉岳寺での百カ日法要が終わるまで陣取られるのかと思っていたのが、まだ始まったばかりというのに引き揚げる。嬉し

くないはずがない。

となりの縁台で品川宿のほうへ目をやっている職人に、

「まだ待ち人は来たらずですか」

「あゝ、そろそろのはずなんだがなあ」

愛想よく言うあるじに鬼助は返した。

縁台に新たな三人連れの女がにぎやかに腰を据えた。

すぐだった。

風呂敷の行商人が坂から下りて来て、丁字路を江戸府内のほうに曲がった。来た道である。

(ん?)

と、その背を目で追っていると、

「やつめ、府内へ戻るようだぜ」

と、市左が戻って来て縁台に腰を下ろした。

いつの間に透波たちは談合したのか、小谷と似たような決断を下していた。元浅野家臣群がばらばらに山門をくぐったことは気づいた。ということは、帰りも一同そろって山門を出るなどあり得ない。ある者は庫裡《くり》で精進料理の馳走にあずかり、ある者は裏戸から出るかもしれない。最後まで見張っていても、両国から尾けてきた弥兵衛以外にどれが元浅野家臣か見定めるのは不可能だ。浅野家臣群もまた、周囲に目を配っていよう。逆に自分たちの面体を覚えられないように、

――早々に引き揚げ

との結論を得たのだ。浅野家臣群の用心深い動きに、賢明な決断といえた。

「おう、勘定してくんねえ」

と、鬼助は腰を上げた。

「あーら、待ち人来たらずでございましたか」

と、茶汲みの婆さんが奥から出てきた。

尾行は源三郎と連れて行かれる多恵を尾けた際に、要領をつかんでいる。そのときも街道から町場もあれば武家地もあった。泉岳寺から江戸府内なら道のりは長くなるが、条件はおなじだ。それに職人姿は、街道でも町場でも、さらに武家地でも珍しくない。鬼助と市左は前後をときおり交替しながら行商人のあとに尾いた。

その者が帰着したのは、果たして内濠桜田御門外の上杉家上屋敷だった。行商人は裏門からするりと中に消えた。

二人は背後に注意を払いながら、いくらか遠まわりをして両国に向かった。弥兵衛も安兵衛も、不審な行商人風に尾けられたことは気づいていよう。その者が慥《しか》と上杉屋敷に戻ったことを告げに行くのだ。

『でかしたぞ！』

と、二人には早くも弥兵衛と安兵衛の声が聞こえるようだった。顔も覚えたのだ。その手柄は大きいはずだ。向後の浅野家臣群にいっそうの用心をうながすものになるだろう。

そのあと、また京橋の茶店で小谷健一郎と会うことになっている。きょうの総括である。

二人の足は両国広小路に近づいた。

「増上寺のふざけた町場も含めてよ、これほどでけえ裏を踏んでいる見倒屋なんざ、江戸中を找したっていねえぜ、へへん」

「そのようだなあ。だがよ、きょうは丸腰だったが、ときにゃあ命のやりとりだってあるんだぜ。鳥居坂下も将監橋もそうだったろうが」

「そ、そうだった」

市左はいくらかあわてた口調になったが、

「ようがす、こうなりゃあ俺ア、どこまでも兄イについて行きやすぜ、浅野さま家臣の方々にもよう。これが江戸町人の心意気ってえもんでえ」

「ふむ」

市左が得意満面で言ったのへ、鬼助は低いうなずきを返した。

このとき鬼助の脳裡には、

(両国から京橋に行くには、また磯幸の前を通るなあ)

と、ふと奈美の顔がよぎった。すでに同志なのだ。

二人の耳に、両国広小路の雑踏の音が聞こえてきた。

鬼助には人知れず大きな達成感を覚えさせ、市左にはこれまで体験したことのない、世を揺るがすような生きがいをもたらす響きだった。鬼助はすでに、知らずそこに踏み込んでたのである。

時代小説

二見時代小説文庫

隠《かく》れ岡《おか》っ引《ぴき》 見倒屋《みたおしや》鬼助《きすけ》 事件控《じけんひかえ》2

著者　喜安幸夫《きやすゆきお》

発行所　株式会社 二見書房
東京都千代田区三崎町二－一八－一一
電話　〇三－三五一五－二三一一［営業］
〇三－三五一五－二三一三［編集］
振替　〇〇一七〇－四－二六三九

印刷　株式会社 堀内印刷所
製本　ナショナル製本協同組合

ISBN978－4－576－14158－9
http://www.futami.co.jp/

朱鞘《あかさや》の大刀 見倒屋《みたおしや》鬼助《きすけ》 事件控1

喜安幸夫［著］

浅野内匠頭の事件で職を失った喜助は、夜逃げの家へ駆けつけて家財を二束三文で買い叩く「見倒屋」の仕事を手伝うことになる。喜助あらため鬼助の痛快シリーズ第1弾

はぐれ同心 闇裁き 龍之助江戸草紙

喜安幸夫［著］

時の老中のおとし胤が北町奉行所の同心になった。女壺振りと島帰りを手下に型破りな手法と豪剣で、悪を裁く！ ワルも一目置く人情同心が巨悪に挑む新シリーズ

隠れ刃 はぐれ同心 闇裁き2

喜安幸夫［著］

町人には許されぬ仇討ちに人情同心の龍之助が助っ人。敵の武士は松平定信の家臣、尋常の勝負はできない。〝闇の仇討ち〟の秘策とは？ 大好評シリーズ第2弾

因果の棺桶 はぐれ同心 闇裁き3

喜安幸夫［著］

死期の近い老母が打った一世一代の大芝居が、思わぬ魔手を引き寄せた…。天下の松平を向こうにまわし龍之助の剣と知略が冴える！ 大好評シリーズ第3弾！

老中の迷走 はぐれ同心 闇裁き4

喜安幸夫［著］

百姓代の命がけの直訴を闇に葬ろうとする松平定信の黒い罠！ 龍之助が策した手助けの成否は？ これぞ町方の心意気！ 天下の老中を相手に弱きを助けて大活躍！

斬り込み はぐれ同心 闇裁き5

喜安幸夫［著］

時の老中の家臣が水茶屋の妓に入れ揚げ、散財しているという。極秘に妓を〝始末〟するべく、老中一派は龍之助に探索を依頼する。武士の情けから龍之助がとった手段とは？

二見時代小説文庫

槍突き無宿 はぐれ同心 闇裁き6

喜安 幸夫［著］

江戸の町では、槍突きと辻斬り事件が頻発していた。奇妙なことに物盗りの仕業ではない。町衆の合力を得て、謎を追う同心・龍之助がたどり着いた哀しい真実！

口封じ はぐれ同心 闇裁き7

喜安 幸夫［著］

大名や旗本までを巻き込む巨大な抜荷事件の探索を続ける同心・鬼頭龍之助は、自らの〝正体〟に迫り来たる影の存在に気づくが…。東海道に血の雨が降る！ 第7弾！

強請《ゆすり》の代償 はぐれ同心 闇裁き8

喜安 幸夫［著］

悪徳牢屋同心による卑劣きわまる強請事件。被害者かと思われた商家の妾には、哀しくもしたたかな女の計算が。悪いのは女、それとも男？ 同心鬼頭龍之助の裁きは⁉

追われ者 はぐれ同心 闇裁き9

喜安 幸夫［著］

夜鷹が一刀で斬殺され、次は若い酌婦が犠牲に。犯人の真の標的とは？ 龍之助はその手口から、七年前に起きたある事件に解決の糸口を見出すが……シリーズ第9弾

さむらい博徒 はぐれ同心 闇裁き10

喜安 幸夫［著］

老中・松平定信の下知で奉行所が禁制の賭博取締りをかけるが、逃げられてばかり。松平家に内通者が？ おりしも上がった土左衛門は、松平家の横目付だった！

許せぬ所業 はぐれ同心 闇裁き11

喜安 幸夫［著］

松平定信の改革で枕絵や好色本禁止のお触れが出た。お触れの時期を前もって誰ら漏らしたやつがいる！ 龍之助は張本人を探るうちに迫りくる宿敵の影を知る！

最後の戦い　はぐれ同心 闇裁き12
喜安 幸夫［著］

松平定信による相次ぐ厳しいご法度に、江戸は一揆寸前！北町奉行所同心・鬼頭龍之助は宿敵・定信に引導を渡すべく、最後の戦いに踏み込む！シリーズ、完結！

箱館奉行所始末　異人館の犯罪
森 真沙子［著］

元治元年(1864年)、支倉幸四郎は箱館奉行所調役として五稜郭へ赴任した。異国情緒溢れる街は犯罪の巣でもあった！幕末秘史を駆使して描く新シリーズ第1弾！

小出《こいで》大和守《やまとのかみ》の秘命　箱館奉行所始末2
森 真沙子［著］

慶応二年一月八日未明。七年の歳月をかけた日本初の洋式城塞五稜郭。その庫が炎上した。一体、誰が？何の目的で？調役、支倉幸四郎の密かな探索が始まった！

密命狩り　箱館奉行所始末3
森 真沙子［著］

樺太《カラフト》アイヌと蝦夷《えぞ》アイヌを結託させ戦乱発生を策すロシアの謀略情報を入手した奉行小出は、直ちに非情なる命令を発した……。著者渾身の北方のレクイエム！

与力・仏《ほとけ》の重蔵　情けの剣
藤 水名子［著］

続いて見つかった惨殺死体の身元はかつての盗賊一味だった…。鬼より怖い凄腕与力がなぜ〝仏〟と呼ばれる？男の生き様の極北、時代小説に新たなヒーロー！新シリーズ！

密偵《いぬ》がいる　与力・仏の重蔵2
藤 水名子［著］

相次ぐ町娘の突然の失踪…かどわかしか駆け落ちか？手がかりもなく、手詰まりに焦る重蔵の、乾坤一擲の勝負の一手！〝仏〟と呼ばれる与力の、悪を決して許さぬ戦い！

奉行闇討ち　与力・仏の重蔵3
藤 水名子［著］

腕利きの用心棒たちと頑丈な錠前にもかかわらず、千両箱を盗み出す《霞小僧》にさすがの《仏》の重蔵もなす術がなかった。そんな折、町奉行矢部定謙が刺客に襲われ…